美は惜しみなく奪う

Mariko Hayashi
林真理子

マガジンハウス

美は惜しみなく奪う

目次

美女の見せ場

キレイの損得勘定

美女ツアー・アラウンド・ザ・ワールド

美は惜しみなく奪う

イラスト／著者

美女の見世場

お見合いおばさん

秋が深くなり、本当にワインがおいしくなった。

最近あらたに私の〝妹分〟となったミドリちゃんは、ワインの輸入やコンサルティングをしている。当然のことながらワインに詳しく、飲みっぷりもいい。そんなわけでこの頃、二人でツルんで飲むことが多い。

ついこのあいだは、錦糸町の有名なコレクターのところへ二人で行き、真夜中までいいワインをご馳走になりまくった。

そんなわけで、体重はもちろん上昇気流。こわくてヘルスメーターにのっていないが、ビジュアル系作家の私は、今日もお仕事が。そう、着物を着て、高級女性誌のグラビアを飾ったのだ。この頃はパソコンで、撮ったものをすぐプリントして見せてくれる。私はヒッと小さく叫んだ。このところのワインびたりで、顎《あご》のラインがだらしなくなっているのだ。

ああ、これではやっと勝ち得た私の名声に傷がつく……。ヘアメイクの人が、

「大丈夫よ。カメラマンに頼んで、パソコンで顎のラインを削ってもらえば」

と言ってくれたが、こんなもん慰めにならない。もう私は自分が恥ずかしい。どうしてこん

なにお酒とおいしいものに弱いんだろうか。いい男にも弱い。

ダイエットを決意したばかりだというのに、次の日は男の人とお食事に出かけているのである。A君というのは、昔から私が弟のようにかわいがってきた男性。東大法学部卒の官僚であるが、昔は本当にかわいかった。ジャニーズ系とはいわないが、エラぶらないさわやかな、美青年であった。今、彼も子もちとなって相応のおっさんになったが、ほっそりとした体つきは変わらない。役所のえらい人になったので、この頃はめったに会わなかったのだが、

「ハヤシさん、たまにはごはんを食べましょう」

とイタリアンに誘ってくれたのだ。山本モナ事件以来、スキャンダルを恐れてか、もうひとり男性を連れてきた。彼の部下である。まあ、いかにも「官僚」という男性であった。

食事の半ばでA君が言った。

「ところでハヤシさん、彼に誰か紹介してくれませんかね」

聞くとその部下、Bさんはバツイチの独身だということだ。

「僕も早く子どもが欲しいので、家庭的な方だったら誰でもいいです。容姿や学歴なんてことはいっさい言いません」

クックッと、私は思わずしのび笑いをしてしまった。この喜びというのは、おそらく作家でなくてはわかるまい。

私が書いた小説「ａｎｅｇｏ」のことを思い出してほしい。そお、昨年（二〇〇五年）ドラ

マでヒットしたやつである。篠原涼子ちゃんが、いい感じの三十代のOLをやって人気を博した。あの中で、彼女が経済産業省のエリートとお見合いするシーンがある。テレビ局はこのために、いかにも「官僚」という感じの俳優さんを用意した。メガネをかけ、黒っぽいスーツを着た、いかにもお堅い男性。

見よ、私の創作は現実と見事に重なった。

「誰かいい人いませんか」

と言う男性は、あのドラマの俳優さんと本当によく似ていたのである。取材もしたわけじゃないのに、私って本当にすごいわ。

「私のまわりに、三十代で独身の女の人、いっぱいいるわ……」

みんな美人で性格のいいコばかりである。が、バリバリ仕事をする編集者と、お役人というのは結びつかない。時間帯も違うし価値観も違う。

こういうエリートは、正直言ってスクエアな人が多いので、真夜中まで働いたり、人とお酒を飲んだりするやくざな職業は理解出来ないはずだ。

私はC子さんのことを思いうかべた。彼女は私のファンの集いに来てくれて知り合った。うちが近いことから、たまに会ってお茶をしたりごはんを食べたりする。すごくいいところのお嬢さまで、今は外資のブランドにお勤めしている。

「確か、三十三か四だと思うなあ。今どき珍しいぐらいおっとりしたお嬢さんよ」

「いいですねぇ」

B氏もうれしそう。

「ちょっと今から呼んでみようよ。あの人のうち、ここから歩いて三分ぐらいだから」

まことに偶然であるが、彼女の実家は、このイタリアンのすぐ目と鼻の先。都心の豪邸に住んでいるのだ。結局ケイタイは留守電になっていたので、私は駅に行く途中、彼女のうちの前を通るだけにした。ガイドのように、大きな門の前で説明した。

「バブルの時も、お父さまが絶対に売らなかったおうちよ。ここに住めば逆玉ってことね」

さすがにB氏は「いいですねえ」と言わなかった。

うちに帰ったら、C子さんからTEL。後ろに合コンのざわめきを感じた。

「えー、ぜひお願いします。本当にお願いしますね」

驚くぐらい真剣でびっくりした。

そんなわけで近々、両者を会わせることにした。こんなことばっかかして、私は本当に忙しい。

レストランだからワインも飲むしさ。

いいどすぇ〜京都ツアー

久しぶりに京都へ行った。

昔は歌舞伎の顔見世だ、和もののお買物だと、しょっちゅう来ていたものであるが、ここのところ忙しくて足を踏み入れていない。

そお、最後に来たのは昨年（二〇〇五年）の春だ。ドラマ「ａｎｅｇｏ」のスタートに合わせてスペシャル版をつくった時のこと、ゲストとして篠原涼子さんや脚本の中園ミホさんらと、食事をしながらよもやま話をするシーンを撮ったのだ。

今日は京都で一泊出来る。ホテルもボンが予約してくれた。ボンというのは、仲よしのお茶屋のマスターどす。会員制のお茶屋さんは、下がバーになっている。ここには京都はもちろん、東京からも有名人がどっさりやってくる。顔見世興行の時になると、上も下も歌舞伎の役者さんで満員だ。そして舞妓ちゃんや芸妓さんも、お客さんに交じってやってくるからその華やかなことといったらない。

顔の広いボンは、今回私のために、オープンしたばっかりの素敵なホテルのスイートをとっ

舞妓は自分の髪で結いますぇ〜

てくれた。といっても払うのは私なのであるが、ボンのおかげで安くしてもらっちゃった。そのホテルは一面ガラス越しに緑が見える浴室に、大きな檜のお風呂がしつらえてある。ベッドもスタイリッシュなダブルだ。

「ボン、見て、見て」

私は部屋を案内した。

「こういうところって、ひとりで来るところじゃないよね。やっぱりフリンで来なきゃね」

「また始まった……」

とボンは呆れ顔である。

夕ごはんはボンとそのお友だちと一緒に、お料理屋さんへ。ここは今、京都でいちばん予約が取りづらいところで、一ヶ月先までいっぱいなのだそうだ。

まだ若いご主人が、まだピチピチしている大きなアワビを三つ持ってきて見せてくれた。

「後でこれをさっとバター焼きにして、特製ソースをかけて出しますから」

まず最初に出されたのは、京らしく美しい八寸。オードブルということでしょうか。白子の酢のもの、大トロの小さな握り鮨、といったものが並んでいる。その後、ご馳走が出てくる、出てくる。フカヒレとカブのスープ、甘鯛の焼いたもの、さっきのアワビのステーキetc……。圧巻は仲居さんが炊き上がったばかりの中ぐらいのお釜を持ってきた時だ。蓋をとったとたん、わーっと歓声が上がった。宝石のようなイクラがぎっしりと敷きつめられた炊き込みご飯なのだ。

「私はいらない」

とボン。

「糖尿病になりそうだから、イクラは避けてるの」

なんでも、このあいだ東京で私とイタリアンを食べた時、私がパスタをパスしたのがえらく心をうったようだ。その後、炭水化物抜きの食事をしたら、十五キロ体重が落ちたという。

「だからマリコさんも、炭水化物とっちゃダメよ」

「そうだよね……」

私も波うっている自分のお腹を見て反省した。

「じゃ、それ包んでください。残ったら誰かが家に持ってけばいいし」

「でも、このイクラご飯はお持ち帰り出来ないんですよ」

こんなおいしいイクラご飯を残すなんてもったいない。底の方はおこげもついていて香ばしいかおりさえしてくる。私は一杯食べた。海苔とワサビをたっぷりのせてもらった。うーん、たまりません。二杯食べた。が、お釜の中には、まだ半分以上残っている。仕方なく私は三杯めを食べた。まだたっぷりとある。おかわりをしようとして、私はやめた。

「ハヤシマリコが四杯ご飯を食べた」

ってボンに言いふらされちゃ大変だもん。

その後はボンのお店に行って、彼がこの日のために用意してくれたイタリアンワインを飲んだ。途中で芸妓さんと舞妓ちゃんがやってきた。お友だちが呼んでくれたのだ。舞妓ちゃんはお人形のように可愛くて、芸妓さんのMちゃんはものすごい美人だ。カツラをかぶっているので年上に見えたが、まだ二十歳の若さだそうだ。白塗りの肌が蛍光灯の下でも綺麗なのはさすが。頭もよくて明るい気性のMちゃんは、今すごい売れっ子なんだって。お仕事楽しい？　ってつまらぬことを聞いたら、芸妓になってからはすごく楽しいという返事がかえってきた。

「舞妓の頃はおとなしくしてなきゃいけまへんどしたけど、芸妓になったら私らしくふるまうことが出来るようになりました」

次の日、私が買物をすると聞いて、ケイタイの番号を教えてくれた。仕事先を出る時電話をしたら、小紋姿で和風小物のお店に来てくれた。そして新幹線のホームまで送ってくれるではないか。祇園《ぎおん》の芸妓さんに見送りしてもらうなんて、えらいおじさんになったみたいでうれし恥ずかしかったどすぇ。

買っチャイナ！

この一週間で上海、長春、お伊勢さんへと行った。みんな一泊か二泊、みんな仕事がらみである。自分のベッドで寝たのはひと晩だけ。

楽しかったが本当に疲れた。疲れると甘いものが欲しくなる。気がつくと中国のクッキーや餡《あん》マンを口にしている私。お伊勢さんでは名物の赤福が本当においしかったワ……。

なんてことをしていたら、パンツのファスナーが上がらなくなった。ニットを着ると下腹が出る、なんてもんじゃない。バストの下からもっこりと盛り上がっている。あんなにお金をかけて、いろいろトレーニングしているのに、完全にオバさん体型になっているではないか……。

本当に悲しい。私ら年増の冬が来たと聞いたばっかりだというのに……。仲よしのファッション誌の編集長が言った。

「ハヤシさん、今年（二〇〇六年）の冬はしたたるような女らしさ、グラマラスでゴージャスな女、そお、ハヤシさんの出番なんですよ」

そう言われると嬉しくなってくるではないか。

ハタケヤマからは「買物禁止令」が出ているが、おかげさまで「美女入門」シリーズ『美女は何でも知っている』が好調な売れゆき。よってそろそろお洋服を買ってもいいような気がしてきた。いろんなショップを覗くと、確かに毛皮がいっぱい出ている。ショート丈のコートやストールが主流だ。あるところでフォックスのボレロがあった。ボレロも今年の流行ですね。

「ハヤシさん、きっとお似合いですよ」

と言われ羽織ったところ、どう見てもマタギ。山にウサギを獲りに行った帰り、という感じである。私がそれを口にしたところ、若い店員さんは、

「マタギって何ですか」

だって。猟師さんのことです。そんなわけでボレロを諦めた。それではショート丈のコートと思うのであるが、ミンクであるためにものすごいお値段である。私は五年前、バーゲンでジル・サンダーの黒のミンクを買い、今年活用させようと心づもりしていたのであるが、どうもロングの出番はないようである。

私のファッションアドバイザーというべき、例の雑誌の編集長に問い合わせたところ、

「今年、ロングのファーはやっぱりつらいかもしれない」

と言われた。それならば私は毛皮と縁がないのだろうか。

私の理想としては、山本モナ風ノースリーブのワンピを着る。この時はダイエットとトレーニングの甲斐あって、私の二の腕には何にもついていない。そしてその上に毛皮のショートコ

ートを羽織り、デイトの際にさりげなくこれを脱ぐ……。が、シェイプした二の腕も毛皮も私は手に入れられそうもないではないか。

そんなある日、お仕事で上海に行った時、今、ここでいちばん豪華なホテルに泊まったところ、中にセレクトショップがあった。

ついこのあいだも杭州のリゾートホテルに泊まって実感したのであるが、中国の場合、高級ホテルのセレクトショップは絶対にお勧めだ。中国で買物すると、「安いけど、後で東京では使えない」チャイナチャイナしたものが多い。が、セレクトショップのものは、文字どおりよく選ばれているので、洗練されたシノワズリの製品ばかりだ。よってお土産もここで買うようにしている。

さて、前おきが長くなったが、上海のセレクトショップで、私は黒い毛皮のストールがひとつだけ飾ってあるのを発見した。ポケットがついていて、とても可愛いデザインだ。ラフな毛並みのミンクなのであるが、安っぽい感じはしない。値段を聞いたところ六万円だという。

「でもここのホテルに泊まっている方なら、一割引きでいいですよ」

ということは五万四千円か。すぐに買ってもよかったのであるが、ファッション誌の女性エディターが同行している。着るもののことならすべて任せて、とさっき言われたばかりだ。彼女にこのストールを見せ、

「やだー、ハヤシさん。こんな安物の毛皮、東京じゃしていけませんよ」

と言われたらどうしよう。が、彼女におうかがいをたてる間に、このストールが売れたらどうしよう。そんなわけで結局、すぐ買うことにした。ジャケットの上に巻きつけて彼女の前に現れたところ、

「わー、ハヤシさん、いいじゃないですか。デニムにも合いそうだし」

と誉められた。得意になった私は、セレクトショップの前を一緒に通る時指さした。

「ここで買ったのよ。一枚だけだったのよ」

しかしどうしたことであろう。棚の上にはもう一枚、同じストールが、一時間後だというのに既に飾られているではないか。ま、いいですが。

ところで、この二ヶ月のつらい緊縮財政の中、いろんなことがあった。その最も大きなものは、未使用のクロコのバーキンを友人に譲ったことであろう。ずっと使っていなかったこともあるが、これで「色っぽい大人の女」アイテムをひとつ失ったことになる。

お連れさまホテル

この頃、素敵なホテルに泊まることが多い。

中国・上海は、女性誌のグラビア撮影のために行ったのであるが、すっごいスイートであった。もうあんなところに泊まることは二度とないはず。

その前に京都に一泊したことは既にお話ししたと思う。仲よしのボンから電話がかかってきて、

「京都に、すごくいいホテルが出来たのよ。支配人知ってるから、安くしてもらうわ」

ということで予約してもらったのであるが、スタイリッシュホテルの、すんごくカッコいいスイートであった。安くしてもらったとはいえかなりのお値段で、

「夜遅くまで遊んでて、結局八時間しかいなかったのに、ちょっともったいないかも」

とセコく思ってしまった私である。

ひとりだとスイートは広すぎる。が、狭いツインのシングルユースも、ちょっとわびしい。ホントに微妙な年頃です。

私の後ろヌードの
絵を描こうとしたのですが、
あまりのおぞましさに
断念しました。あしからず・・・

さて秋も深くなり、行楽シーズンとなった。女性誌を見ていたら、那須の二期倶楽部の写真が目にとまった。かのコンラン卿が設計したコテージ風の客室がすごくいい感じ。お値段も結構なものだけれども、ちょっと泊まってみましょうか。

予約の電話を入れたところ、平日ということもあり二泊とれた。が、三日後、ハタケヤマに怒られた。

「ハヤシさん、この日はマガジンハウスのサイン会ですよ。『美女入門』の六巻めのプロモーションじゃないですか」

すっかり忘れてしまっていた。そんなわけで二泊の予定を一泊に。残念だなあ。しかしそんな時に友人から電話。

この友人もたまたまその後の三連休に予約をしていたのだが、急きょ海外旅行に行くことになったという。半年前からの予約なので、キャンセルするのはもったいない。よって二期倶楽部の二泊の権利を譲ってくれるというのである。

あちらに電話し、やりとりをしてわかった。彼女が予約していたのはスイートだったのである。

「ひぇー、めっそうもない。うちはふつうの部屋で」

そうでなくても高いのだ。あわててスタンダードに替えてもらった。この頃の人って、若いくせにどうしてお金をもってるんだろう。

さて、那須高原はちょうど紅葉のシーズン。紅く色づいたカエデや黄色のイチョウが重なり合って、そのキレイなことといったらない。その森の中に、二期倶楽部のコテージはあった。さすがコンランショップのコンランさんが設計しただけあり、インテリアがおしゃれ。白に統一されたベッドまわりは、シンプルでいて抜群のセンス。

本当に夫なんかとくるのはもったいない。

私はいつも思うのであるが、こういう贅沢な宿というのは、何ていうか、くたびれた夫婦のためにあるのではなく、もっと別の目的があるような気がする。

ずっと以前、「失楽園」が大ブームの頃、あそこに出てくる熱海の超高級宿に憧れた。そこで渡辺淳一先生に、

「紹介してくれませんか」

とお願いしたところ、

「ダンナと行くのかね。あんなとこ、健全な夫婦が行くとこじゃないよ」

というお言葉であった。どうして夫婦で行くのに、あんなに高いところへ行くのかね、ということらしい。

それもそうだなと思い、私は女友だちと一緒に行った。今度は秘密の恋で来ようねと、二人で誓い合いながら、枕を並べて寝たのを記憶している。

そしてうんと羨ましいことに何年か後に彼女は夢を叶えた。不倫中のカレと同じ宿に行った

のだ。彼女は独身のキャリアウーマン、相手は妻子持ちというよくあるパターンである。

「ねぇ、女将さんはあなたが独身だってことを知ってたんでしょう。そういう場合、何て言うの」

と聞いたところ、

「お連れさま、よ」

という返事。ふうーん、正式な夫婦じゃない場合は「お連れさま」ということになるのかと、私はなぜか感心してしまった。やっぱり客商売のチエというものであろう。

さて、二期倶楽部は温泉も広い。脱衣場で裸になり、後ろを振り向いた私は、キャーッと小さな悲鳴をあげた。うちの浴室の小さな鏡では絶対にわからない「温泉の真実！」。

そこには肉が波うつ私の背中とおヒップが映っていたのである。このところ、外食ばっかりで毎晩美食とワインの日々。それがこの後ろヌード。ブラとパンツがくい込んでいたため、脱ぐと横に線が走っている。それが何本も！　何が不倫旅行じゃ、と私は思った。もしこれから私が恋をするとしても、絶対にプラトニッククラブだワ。お腹がある前も見せたくないし、もちろん真横もイヤ。後ろもこんなんじゃなァ……。

ところでアンアンで頼まれている企画がある。「今年こそ痩せる」というタイトルで、私の大きなカラー写真を撮るんだと。

「せめてあと一ヶ月時期を遅らせて」

私は那須からホシノ青年にメールをうった。

ご苦労かけます！

昨夜、某有名大物先輩作家とお食事をした。その方がまずおっしゃったのは、

「ハヤシさん、最近新聞や雑誌で見る写真の美人なこと。キレイになったたって評判よ」

「まあ、ありがとうございます」

が、食事を終えて立ち上がった時、その方は私の腰まわりをジロジロごらんになり、そしてこうのたまった。

「ハヤシさん、あなた太ったわねぇ。あの写真と全然違うじゃないの。これじゃ詐欺だわ、詐欺よ」

尊敬する方の口から漏れた、サギという言葉のつらかったこと。しかしこのところ私も頑張っている。通販で買ったダイエット食を食べているのだ。

夕食、何も予定が入っていない時は、このプルプルの寒天ゼリーみたいなものを食べて頑張る。夜、会食の予定がある時は、昼間これだけにする。

もはやあらゆるダイエット食を試している私であるが、これはイケるかも。死ぬほどまずいスープやおカユを食べてきたけれども、これはフルーツ味がいい感じだし、腹もちもいいのだ。そりゃあ、さすがに眠りにつく時はひもじいけれども、明朝のヘルスメーターの目盛りのことを考えて頑張るのさ……。

さて、ビジュアル系作家の私は、しょっちゅうグラビアのお仕事が入ってくる。このあいだは着物を着てカラーグラビア一ページというのがあったが、出来上がったものを見てがっくり。顎の線がだぶついて、お腹の帯のあたりがもたついている。

「着物の時は、このぐらいボリュームがある方がいいですよ」

とハタケヤマが言うが、そんなもんは慰めになりゃしない。

このところものすごく体重が増えていた。それはひとえに、ビンボーになったため「買物禁止令」が出たためだ。やはり洋服を買う時のあの緊張感が、人をスリムにしてくれるのではないか。ダイエットへの意欲をかきたててくれるのではなかろうか。

試着室に入る。ファスナーがどうしても上がらない。いつものサイズなのに、ジャケットの前ボタンがとまらない。そういう時、人は死ぬほど反省するのである。

「ああ、私はいったい何をしてきたのだろうか」

と。ここのところ、ほとんど買物していない。してもハタケヤマの目を盗んでの小物ばっか。

そんな時、ホテルのロビーを歩いていたら、偶然仲よしのヘアメイクのA子さんに会った。

彼女はものすごくスタイルのいい女性であるから、遠くからでもすぐわかる。このあいだの着物の撮影の時、私のヘアメイクもやってくれた人だ。

「あら、ちょっと痩せたみたいね」

やっぱりわかる、と喜んだのもつかの間、

「このあいだの着物の時、かなりいってたもんね。あの時、最高だったんじゃないの」

気にしてることをズバリ言われた。そして彼女はこうつけ加える。

「カメラマンの○○○さんにあの後会ったら、ハヤシさんの顔、ちょっと直したって。顎の線も削ってくれたんじゃないの。シワもとってくれたかもね」

そうなのだ。このところパソコンの技術の進歩で、すぐに写真を修整してくれるのである。これはいいことのようで、デメリットもある。なぜなら化粧品の広告などに登場するモデルさんや女優さんの肌があまりにも人工的に見えること。それからヘアメイクの人のやる気をなくすこと。撮られる側の努力もうすれるようだ（私だけか）。

「いや、うちはハヤシさんに関しては、いっさい修整しません。いつも絶対にしません」

と言うのは、女性誌の編集長B氏である。

このあいだはここの取材で上海に行ったのである。このB氏は、いつも私をキレイに撮ろう、もりたててあげよう、世間の評判をよくしてやろう、と一生懸命になってくれる、本当にいい人だ。それなのに私は、彼にとても悪いことをしてしまった。大切な撮影が入っているのがわかっていたのに、その前、飲みかつ食べまくっていたのである。

おかげで持っていったスーツのスカートの生地がはりさけんばかりにお腹が盛り上がっていた。成田の免税ショップでエルメスの可愛いセーターを買い、これを着て撮影にのぞんだところ、前と後ろにお肉が波うっていた。この時はさすがに全身を撮らず、ソファの向こう側から首だけ出している、という苦肉の策をとった……。

そして今日、上海で撮ったもののカラーコピーが届けられた。私は息を呑んだ。街がよく見える窓をバックにたたずむ私の、大きな写真。顔半分に大きな影がさしている。これによって私のだぶついた顎のラインはわからない。

みんなになんて苦労かけてるんだろう!

私はあまりのことに涙が出てきそうになった。B氏もそうだけど、カメラマンの人が、本当に本当に考えぬいてくれているんだね……。

もうみんなにこんなに苦労をかけない。アンアンの撮影は二週間後に迫っている。それまで本当に頑張る。

「だいじょうぶです。うちもうまく撮りますから」

と、ホシノ青年が憎らしいことを言った。

僕の元カレ

久しぶりにサイモン（柴門ふみ）さんと会ってごはんを食べることになった。

銀座のギャラリーで仏像展が開かれることになり、

「サイモンさん、仏像好きだから誘っておいて」

とA氏に頼まれたからである。

A氏は私とサイモンさんとの共通の友人。女性に興味がない人であるが、そのテの人に共通しているセンスのよさとおしゃれ感覚を持っている。待ち合わせの喫茶店に行くと、もうひとり男性がいた。きちんとスーツを着た若いお金持ち風サラリーマン。名刺をいただいたら、ある企業のジュニアであった。A氏は顔が広いので、B氏の方はノーマルな男性だと思っていたら、

「いいえ、A君と同じユニオンです」

と、くくっと笑う。エクボが出来てかわいい。これなら女にも男にもモテるかも。

「家族にも会社のみんなにもカミングアウトしてるから、全然平気」

なんだって。そこへサイモンさんが登場。茶色の革のコートにパンツを合わせている。革の

コートはいかにも仕立てがよくて高そう。私が今着てるコートとよく似てるわ、襟の形も、長さも……。折り返した裏がカシミアのところも同じ……。

「サイモンさん、それって、ジル・サンダーじゃ」

「そうよ、池袋東武で買ったのよ」

「ウソーッ、私のこれもジル・サンダー。青山本店で買ったばっかり。今日、初めて着てきたのよ」

「私だってそうよ」

なんとまたかぶってしまった。二年前のこと、ユーミンのコンサートへ一緒に行ったら、スカートがかぶってたこともあった。

「『女性セブン』に売り込もうか」

とサイモンさんが笑う。よくあそこのグラビアで、洋服や靴がバッティングした女優さんやタレントさんの写真が出てくる。スタイリストが、グッチやルイ・ヴィトンの最新作を借りてくる結果、うんと注意してもかぶってしまうことがあるらしい。そういう時は大問題になり、スタイリストや関係者の責任を問われるそうだ。

そこへいくと、私らは気楽なもん。

「あれ、二人同じスカートですね」

と何人かに言われたが、

「そお、これってユーミンのファンクラブの制服なの」

と澄まして答えた。私たち二人とも好きなブランドが同じなので、こういうことがしばしば起こるのだ。

「それにしても、革のコートが同じなんてね。これは緊縮財政の中、ハタケヤマの目を盗んでやっと買ったのよ。自分もお金持ちで、大金持ちの旦那持っているサイモンさんと同じなんて……」

今回はちょっぴり恨めしい。

そしてみんなでギャラリーで仏像を見た後、イタリアンレストランへ行くために四丁目の角へ向かう。途中で大きなグッチのショップを発見。

「えー、いつこれ出来たのかしら」

「行きましょう、行きましょう」

男二人も女みたいなものなので、みんなどやどやと中に入る。今年のグッチは、かなり先鋭的だけどかわいいわ。

マネキンが着ているのは、カシュクールの幾何学模様ワンピース。今年大流行の形だけど、

「こういう風に、てれんとしたワンピースって太って見えるのよねぇ」

などと四人で話していたら、あちらからカップルがやってきた。びっくりした。女性がマネキンと全く同じワンピースを着ているではないか。

言っちゃナンであるが、こういう時、サイモンさんの目は、実に嬉しそうに意地悪く光る。

「せっかくおしゃれしてきたのに、マネキンとかぶっちゃうなんてカワイソー」

こちらがヒヤヒヤするぐらい、女のコに向かって露骨な視線を向けたのである。

そしてみんなでイタリアンへ。このお店はいま私がいちばん気に入っているお店だ。六〇年代を意識したインテリア。お店の中に巨大な地球儀の形をしたワインセラーがある。銀座にしては珍しく、ものすごくスタイリッシュな店なのだ。

「だけどやっぱり銀座よねー。同伴の女のコがいっぱい」

とA氏。時間が早かったため、銀座ホステスのお姉さんたちが、お客さんに連れられて何組も来ていたのだ。

「やっぱりこういうところはカップルで来なきゃね。僕の元カレはイタリアンが大好きで、東京中いろんなとこへ行きました」

とB氏。「僕の元カレ」という言葉が、とても新鮮な響きであった。

このB氏と私たちは、携帯の番号とメルアドを交換した。

「私、サイモンさんのメルアド知らない。教えてー」

「あ、本当。じゃー今出すわね。いいー」

傍目《はため》には、男女ツーカップルの合コンにしか見えなかったと思う。が、実態はこんなもんであった。

女とワインの方程式

ビジュアル系作家の私は、ここのところグラビア撮影のお仕事がメジロ押し。

あさっては着物でグラビアカラーの仕事だし、今日もアンアンの見開きカラーの撮影よ。もっとも今日のアレは、

「もうリバウンドしたくない今年のワタシ」

という、お正月ダイエットの企画ですけどね……。

ビジュアル系作家の私は当然人気者。今日は七時から、フレンチレストランでワイン会が待っている。

「今回はペトリュス特集にしようよ」

とメンバーのひとりが言った。

「えー、ペトリュス」

ペトリュスというのは、ボルドーワインの中で最も高価なもの。ちなみにブルゴーニュの中でいちばん高いのが、かのロマネ・コンティだ。自分ではとても飲めない。お金持ちのボーイ

フレンドにおごってもらうか、ワイン会に誰かが持ってきてくれるのを待つばかり。うちのワインセラーの中に、'89のペトリュスが一本あったことはあったのであるが、先日別のワイン会に供出してしまった。

ペトリュスを買うとなると、ン十万を覚悟しなくてはならない。

「大丈夫だよ。ペトリュスは男性陣が持っていくから、女性はシャンパンを持ってきて」

と言ってくれたのでホッ。ワイン会の場合、女性は本当に得。もっとも目の前に座ってくれてうれしい女性じゃないと、男の人はいいワインを抜いてくれません。

もう何年も前、ブルゴーニュを旅行した時、醸造を勉強しに来ている日本女性に出会った。こんなことを言っては失礼ですが、おジミな、おしゃれっ気の全然ない人であった。彼女の夢は、一生に一度でいいからロマネ・コンティを飲むことなのだそうだ。それほど高価なワインなのである。

「私、ここに来てロマネ・コンティの社長と知り合いになりましたが、一滴も飲ませてもらったことがありません。それなのに、彼はたまたま出会ったＪＡＬの客室乗務員にたっぷりご馳走してあげたんですよ！」

彼女は口惜しそうに私に訴えたものだ。

「ね、ひどい話だと思わない」

と、私が日本に帰ってからワイン好きの男友だちにこの話をすると、みんな黙ってしまう。

気持ちがよくわかるそうだ。

「でも男って、やっぱりそんなもんでしょ。ワインの専門家より、いい女に飲ませたいよ」

というわけで、私もそれ以降、

「高いワインをおごっても惜しくない女」

になることを心がけている。この点、我ら「魔性の会」のメンバー、ナオミ・カワシマは、美女の上にワインのエキスパートなのだから、彼女と飲みたい男性が列をつくるわけだ。

さて、その日、四人の男性が持ってきたのは、'73、'75、'82、'92のペトリュス。同じペトリュスといっても、年代が違うから個性も異なる。それを飲み比べてみようというとても贅沢なものだ。といっても、私にどーの、こーのと言える知識はない。ただ七〇年代のタンニンの強さがソバージュでいい感じ、と思った。それより私をうっとりさせたのは、一九九二年のペトリュス。ビロードのような色。すべてが調和していてエレガントなのだ。

私はふだん三千円ぐらいのチリやカリフォルニアワインを飲んでいる。それも充分おいしいけれども、やはりこういう高貴なワインは、格が違ってくる。グラスに鼻を近づけると、ふわーっと濃厚な香りが迫ってくる。

「お金のことは言いたくないけれども」

持ってきたA氏が言った。

「これは二百万円しました」

ニ、ニ、ニヒャクマン円！　今までも数十万のワインが並んだことがあるけれども、二百万円なんて。ちょっとした車が買えるではないか！

「でも、今夜はみんながこんなに喜んでくれて幸せです」

ワインというのは不思議なものだとつくづく思う。二百万円私にくれる人はまずいないけれども、お酒にして飲ませてくれる人はいるわけである。それにしてもこのペトリュス、一杯いくらになるんであろうか。七人で一杯ずつ飲んだとして約三十万円。っていうことは、ひと口三万円から五万円ってことかしら。ひぃーっ！　いくら私がビジュアル系作家だからといって、こんな高いもんをおごってもらっていいのか。

夜の十一時、タクシーで家に帰り、歯だけ磨いて、そのままベッドに倒れ込んだ。この頃私はファンデーションなしの化粧をしているので、そのまま寝込んでも大丈夫。いいお酒に酔っぱらって、すとんと寝る心地よさ。これぞこの世の快楽の極みという感じ。そしてB子ちゃんの夢を見た。ワイン会に出かける前、別の男性から聞いた噂が原因だ。昨年のワイン会に、人数合わせのため、私は皆が喜びそうな美人のB子ちゃんを連れていった。それがきっかけで、こっそりメンバーのひとり（妻子持ち）とつき合っているらしい。ワインが好きで詳しいB子ちゃん。お金持ちのおじさんの間をてんてんとし、いつも高価なワインバーに一緒にいるんだと。それが恋なのか、ワインの魅力ゆえなのか私にはわからない。ま、それでもワインはおいしいもんだ。

靴グルメ

遅ればせながら、話題の映画「プラダを着た悪魔」を観た。すごく面白かった。

一緒に観に行こうと約束していたのに、入稿のため徹夜で来られなかった、この欄の担当者ホッシーに、こうメールした。

「すっごくよかったわ。ファッション誌編集者は必ず観なくっちゃ」

ご存知のように、この映画に出てくる、超やり手の女性の編集長は、アメリカン・ヴォーグ誌の編集長、アナ・ウィンターがモデルだといわれている。

そんな人知らない、という人は、雑誌の「パリコレ」特集を見てほしい。かつてはモデルの私服がやたらスナップされたが、今は「エディターズファッション」が主流。世界中の編集者、ファッションライターさんたちのおしゃれが、グラビアの誌面を飾る時代だ。その中心にいるのが、アナ・ウィンターさん。すごい貫録あるおばさんで、この人が世界のファッションの動向を左右するといわれている。パリコレでも、最前列に座る超セレブですね。高価なブランドはもちろん、毛皮もさりげなく着こなすのはさすが。

そしてこのおばさんの特徴は、バッグをほとんど持たないこと。お付きの人に持たせるらしい。すごいッ……。

映画の中で、メリル・ストリープ扮する編集長が、

「娘たちのために、まだ発売されていないハリー・ポッターの七巻をどうしても手に入れろ」

と命ずるのは、まんざらフィクションでもなさそう。

さて、日本のファッション誌の殿堂、マガジンハウスにも、アナ・ウィンターに似た何人もの実力者がいらっしゃいます。もちろん彼女のように性格が悪いわけがないが、お仕事とファッションにはとても厳しい。

ある編集者に聞いたところ、入社したての頃、

「そんなヘンな服を着て会社に来ないで」

と叱られたそう。

私も銀座で時間が余るとマガジンハウスに寄らせてもらうことがある。そういう時、ヘンな格好だとやっぱり行くのをやめる。

「ま、ハヤシさんってあいかわらずダサいわねー。あんな人にうちの看板雑誌のコラムを書いてもらいたくないワ」

などと思われたくないからだ。

それに何より、マガジンハウスで働くエディターたちは、さすが、とってもおしゃれ。会社

の中だからといって手を抜かず、流行の靴やブーツでひらひらと歩いている。「プラダを着た悪魔」のヒロイン、新米エディターは最初の頃、洋服に全く関心を持たず、他の女たちのことをこんな風に言う。

「大理石の上を、ピンヒールでこつこつ歩く女たちなのよッ」

しかし彼女も次第にわかってくる。ラクチンさを求めた靴を履くことによって、大切なおしゃれ心は磨り減っていくことをだ。

実はこの私も、ここのところフラットシューズばっかり。なぜならたいていの場合、私は地下鉄と歩きで移動している。ピンヒールを履いた場合、疲れてくるともう駅の階段を上がるのがつらくなってしまう。おまけに気をつけていても、膝が曲がり、腰が落ち、自分でも情けない。

「でもハヤシさんって、いつもすごく可愛い靴を履いてるって評判ですよ」

と言ってくれたのは、アンアンではない別のファッション誌の編集者。

「うちの編集者は、ハヤシさん、今日はどんな靴か、とても楽しみにしているんです」

この言葉を真に受けて、本当に靴を買った。ワンシーズン、五、六足は買って、ショップの人に、

「ハヤシさん、履ききれるんですか」

と心配されるぐらいだ。

が、お話ししたとおり、ここのところラクな靴ばかり、それも同じものばかり選ぶようになった。それも玄関に脱ぎ捨てたものばかり。

うちは新築した時、玄関の壁一面を収納にしてもらった。建築家の人が、

「これで一生大丈夫です」

と言ってくれたぐらいだ。ところが靴は棚をはみ出し、玄関の床いっぱいに並ぶようになった。それどころか事務所の入り口も、靴が占領し始めた。これではいけないと、かなり捨てたのであるが、私、靴に関してはわりと物もちがいい。なぜなら、同じ靴を二日続けて履かないようにし（これぐらいはする）、脱いだら必ず木型のシューズキーパーを入れるからだ。だからたまるばかり。

先日、私は一大決心をした。そして通販雑誌で見た、靴の収納ボックスを大量に購入したのである。かつて二段式のプラスチックを使っていたが、これだと下段の靴を忘れてしまうことになる。よって一足、右と左を重ねるボックスにしたわけ。

半日かかって、見よ、玄関のシューズはみんな棚の中に収まった。そして驚いた。私ってこんなに靴を持ってたんだ！　一度も履かない靴が何足もあった。二年ぐらい前のものだから古くさくない。いろいろ履きまくって、見よ、今日から靴美人。そしてパーティ行って、日本版のパーティファッションチェックに出るのさ。ま、いつもたいていい無視されますが。

貧すればワリカン

あけましておめでとうございます。今年もよろしく。それなのに、のっけからビンボーな話をして申しわけないけれど……。

暮れに向かってキッチンや納戸の整理をしていたら、出てくる、出てくる、健康食品やサプリメントの数々。いただきものもあるが、たいていは通販で買ったもの。

「これをお金に換算したら、いったい幾らになるのかしら」

と思ったとたん心を決めた。

「えーい、みんな飲んでみよう」

中には三年前に賞味期限が過ぎたものがあるが、どうってことない。よって朝、五種類のものを飲むことになった。

まず朝鮮ニンジンのジュース（これだけは新鮮なもの）、ブルーベリーのジュース、ヒアルロン酸とコラーゲンの錠剤、ダイエットドリンク、最後に腸に効くナントカ菌というやつ。

これを一ヶ月以上続けたところ、肌がいい感じ。手なんかスベスベしている。ヒアルロン酸

とコラーゲンが効いたのかしら、それともブルーベリーかしらん。

口惜しいのは中国秘伝のダイエットドリンクである。ある時新聞にはさまれていたビラを見つけた。

「もし一ヶ月飲み続けて、痩せなかったら代金全額お返しします」

だって。ここまで言いきるからにはきっと自信があるのだろうとさっそく購入。かなりの金額であった。が、半月やって何の効きめもなかったので飲むのをやめてしまった。そして半月分を一年後に飲んだわけだ。一ヶ月ちゃんと飲んでいれば痩せられたのかも？ 今となってはわからない。

このあいだダイエット仲間のサエグサ（三枝成彰）さんに会ったら、

「ハヤシさん、すごい痩せ薬を見つけたよ。注射なんだ。これは絶対に効く。もし痩せたらハヤシさんにも紹介するからね」

とえらく興奮していた。が、サエグサさんの痩せ薬はあんまり信用出来ないワ。過去に何度ヘンなもんを飲まされたことであろうか……。

さて私がこんなに残りもんをまとめて飲んでいるのにはわけがある。もったいないと本気で思ったからだ。

そう、二〇〇六年の後半は、ずーっとビンボーをしていた。

「あんたみたいな人が、ビンボー、ビンボーって言うとイヤらしい」

と何人かに言われたけれども、これは本当。手元に現金がまるでなくなってしまったのである。理由ははっきりしていて、この年の夏、かなりまとまった額のローンを返した。

「これはいずれ税金に使おうと思っていたので口座に残しておいた方がいいのでは」

という税理士さんの言葉に全く耳を貸さなかった私。

「とにかくローン、嫌なんです。一日も早く返したいんです」

しかし返したとたん、なぜかお金のいることばかり続いた。持っているマンションの改装費に歯の治療代がどーんと肩にのしかかり、その間にミエでつくった二枚の着物の請求書が呉服屋さんから……。

毎月、印税や原稿料で、まあ、それなりのものが入ってくる。が、同時に毎月のように予定納税や地方税といったものも払わなくてはならない。それも一瞬息を呑むような額だ。

私はハタケヤマに言った。

「どう考えても、毎月入ってくるものよりも出てくものの方が多いじゃん。いったいどうなってるわけ？」

「仕方ないんですよ。ハヤシさんのローンの返済計画がいけないんです」

いっそのこと定期預金を崩そうと思ったのであるが、それは来年の税金のためのものだそうだ。とほほ……。

嘘いつわりなく、苦しい生活が続いた。おかげで金銭感覚がとてもまともになった。十万の

ニットなんて、

「いったいどこの国のお話？」

となる。いつもの調子でショップでお買物をし、最後に店員さんが電卓でパチパチと計算してくれた時、めまいを起こしそうになった。

「私って、何を考えて、こんな大金を……。洋服にこんなにお金遣うなんて」

貧すれば鈍すとはよく言ったもので、この私がすごくケチになり、人にご馳走するのがイヤになったのである。今までだったら、年下の人に払わせることなど絶対になかったのに、気がつくと「ワリカン」なんてやってる。タクシーにも乗らなくなったし、圧巻は商品券の使い方であろう。お歳暮でいただいた商品券を見て私はつぶやいた。

「とにかく現金が欲しい。いつもだったらデパートでこれ使って洋服買うんだけど、私は決めた。これを金券ショップに持ってく」

ハヤシさん、そんなみっともないことやめましょうと、ハタケヤマはもう涙声である。

「だってあなたのボーナスだってまだ払えてないんだよ。うちは今、緊急事態なのよ」

わかりました、と彼女は言った。ああ、好き放題洋服を買い、おいしいものを食べまくっていた二〇〇六年の夏がまるで夢みたい。再びあんな日々が私に訪れるのであろうか。

が、これからこの担当者ホシノ青年とシャネルの上の〝ベージュ東京〟でランチ。そんなもんぐらいはいくらでもおごったるわ。原稿遅れて、昨年もいっぱい迷惑かけたもんねッ。

おミズコースと政治家コース

先日、お金持ちの知り合いが、銀座の超高級クラブに連れていってくれた。

高級も高級、座っただけで、ひとり五、六万は取られるところ。このクラスになると、ホステスさんが本当に綺麗だ。もっと下のクラスのクラブだと、最近はホステスさんがどうっていうこともない。顔もふつうだし、着ているものもイマイチ。ＯＬさんがバイトでやっていたりすることも多く、話が全然盛り上がらない。こっちが気を遣って笑わせたりしている。

が、この超高級クラブのホステスさんは美形だけれども品がある。みんなお化粧が薄くて、素肌の美しさや顔立ちのよさがかえってよくわかる。着ている和服やドレスも高そうでセンスがいい。おまけにみんな頭がよくて、私の本なんかもよく読んでいてくれて（いるフリも出来て）、すっかり嬉しくなってしまうではないか。

「あーあ、本当に楽しかったよねぇ」

私は一緒に行った友人に言った。

「私さ、時々クラブ誘われても、女だから行っても楽しくないって思って、たいてい断ってきたけど、やっぱりこのクラスだと楽しいよねー。眼福っていうか、ああ、いいもの見せてもらったっていう感じ」

超高級クラブだから、向こう側には有名政治家や財界の方が座っている。その中をひらひらと美しい女性たちが立ったり座ったりしている。

それを見てつくづく思った。

「あー、私も若い頃、いっぺんでいいから銀座のホステスさんになってみたかったワ」

この頃私の男友だちたちは、六本木のキャバクラによく行くみたい。ホステスさんたちが銀座みたいに気取ってなくて、すごく楽しいんだそうだ。しかし私は、ああいうシロウトっぽいのは興味がない。やっぱりプロ中のプロといえる、銀座のホステスさんでしょう。それも超高級のね。なんかさ、女の価値がぐーんと上がるような気がします。

もしなれたら財界のジュニアとつき合って、不倫の恋に苦しんだり、芸能人を恋人にしたりと、そちらの方もゴージャスな青春をおくる。こんなのいいよなぁ。

昔、商社に勤めていた私の友人は、銀座を歩いていたところ、

「こういう仕事にご興味ありますか」

と、どこかのクラブの名刺を持った男の人にスカウトされたそうだ。

「私もあの時、思いきって転職しとけば、別の人生を歩めたかも」

と、すっかり嫁《い》き遅れた友人はよくこぼしていたものだ。

また、私のすっごい美人の若い友だちは、銀座を歩いていると、それこそ名刺の束が出来るそうだ。私は見たことも会ったこともないが、あの地はそういう人がうろうろしているらしい。

「美人には、私が知らない異空間が存在しているらしい」

というのは、常に私が口にしていることだ。ある時、美人の友だちと一緒に、ヨットの上で行われたお金持ちのパーティに出た。私はどうということもなく、たらふく食べて、たらふく飲んで帰ってきた。その美人もたえず私の傍《そば》にいたと思っていただきたい。

が、その帰り道、彼女は私に言った。

「あーあ、今日はしつこくてイヤらしい男がいていやになっちゃったワ」

「え、何のこと」

と私はびっくりした。そんな男、いったいどこにいたんだ。

彼女が言うには、シャンパンを飲んでいた時、テーブルの向こう側に座っていた主催者の男が、テーブルの陰で膝をぐいぐい押しつけてきたんだって……。

彼女に言わせると、その部屋に一時間いると、何人かの男がこちらに色目を使ってくるのがはっきりとわかるそうだ。へぇー、赤外線カメラみたい。

さて、最近私のまわりにいるピカイチ美女といったら、さる名門のお嬢さまA子ちゃんであろう。三十代前半で、その美貌は今が盛り。しかもお育ちがとてもいいので、何といおうか、男性のあしらい方が絶妙なのである。数いる信奉者たちとフレンドリーにつき合いながら、決してある程度以上は近づけないようにする。時おり冷ややかな態度を見せ、

「やっぱり自分には高嶺の花だ」

と思わせる技術を持っている。だからみんな彼女に憧れながら、不らちな考えは誰も持たない。みんな彼女のためなら何でもしようと、たえずひざまずいている。

「A子ちゃんは政治家になったらすごいよ」

と私の友人は言う。

「きっとまわりの男たちが、彼女のために動くはずだよ。一流の知性を持った男たちが、彼女のシモベになってるんだから怖いものなしだよ」

なるほど美貌にもそういう使い方があるのか。おミズコースと政治家コースということであろう。先日、仲よしの野田聖子ちゃんが、お酒の席で（いい男がいたのに）、

「ほら、私もマリコさんも女で売ってきたわけじゃないし」

と言い、私が激怒したことがある。聖子ちゃんだって、あのきりっとした綺麗な顔で、すっごく得してたと思うけど。

空飛ぶちらし鮨

ここのところ、よくお鮨を食べる。いや、食べるというよりも、食べてしまう、と言った方が正しいかもしれない。

ご存知のように、ダイエッターにとって、お鮨はタブーである。なにしろ炭水化物と砂糖という天敵二大巨頭がどっちゃり。ついでにお酒を飲んでしまうからもっとよくない。

しかしお鮨の誘惑に勝てる人というのは、いったい何人いるんだろうか。私は山国の生まれなので、お鮨にはそりゃあ愛着があります。

初めてお鮨をカウンターで食べさせてくれた人のことを、私は一生忘れない。大学生の時、同級生のお父さんだった。よく知らないくせに、大トロばかり頼んでいた。本当にすいません。でもこんなに長いこと感謝してますから。

さて、雑誌を見ていたら、

「東京の鮨グランプリ」

だって。一位に輝いたのは、六本木のお鮨屋さん。いいなあ、行きたいなあ。来週、女だけ

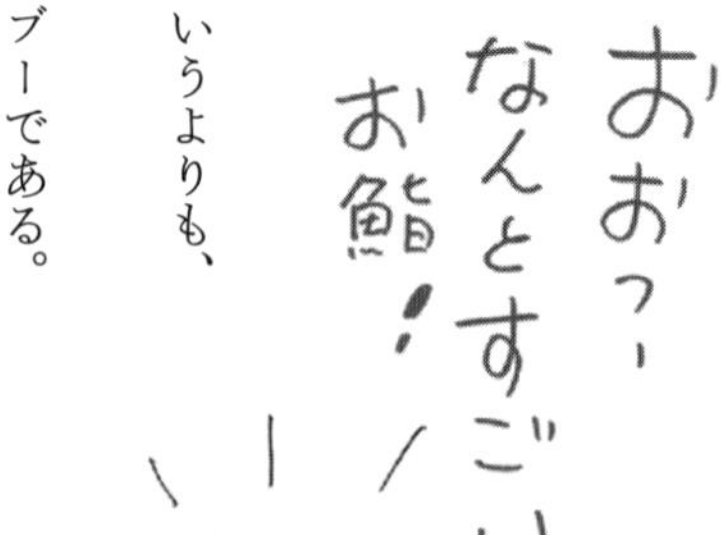

三人で、歌舞伎を観に行くけれども、その帰りに寄れたら最高ね。

そんな時、パリのミチコさんから電話があった。有名レストランのマダムである彼女は、東京の飲食店にも顔が利く。確かこのあいだ日本に帰ってきた時、あの六本木の店に行っておいしかったって言ってたわ。

「ミチコさん、来週なんだけどミチコさんの名前出して予約してもいい？　週刊誌で見たもんですって言っても、ケンもホロロだと思うわ」

「それならちょっと待ってて。いま大将に電話してあげるワ」

そんなわけでパリから六本木に電話してもらって、とれました、カウンター三席！　やった。

しかし初めてのお鮨屋というのは、入る時にとても緊張するものである。早めに行って引き戸を開けると、白木のカウンターに十二席だけ。親父さんも気むずかしそうだし、ドキドキしちゃう。きっと通の常連さんばっかりのお店なんでしょうね……。

ところがお鮨をつまむうちに、ちょっと違うことに気づいた。一見怖そうだった親父さんはとてもいい人で、私たちのためにつまみをいろいろつくってくれる。それどころか、私たちの他は、カップルの男性がひとりいただけで、後は全部女性のグループ。若いOL風の人たちもいる。みんな雑誌で見てこの店に来たみたいだ。そう、そんなにびくびくすることもなかったのね。

さて、この六本木のお鮨から一週間たち、今度は銀座の有名鮨店へ。年上でお金持ちの女友だちがご馳走してくれたのである。とても親切な人で、明日食べるようにと、ちらし鮨をお土産に注文してくれた。

「冷蔵庫に入れないでね。温度の低いところに置けば、明日とってもおいしくなってるわ」

ということで、とても楽しみにしていたのであるが、考えてみると次の日私は、朝早く札幌に行くことになっている。朝は忙しくて、大切なちらし鮨をゆっくり食べる時間がない。

「そうだわ、飛行機の中で食べよーっと」

この頃、空弁が大人気である。飛行機の中でお弁当を食べるのは、朝なんか少しも珍しくない。

そんなわけで、読む本と一緒に紙袋の中に入れ、いざ羽田へ。九時半発札幌行き、窓際の席に座り、しばらくすると私の隣りに男性が座った。まだ若くかなかハンサムである。この人の隣りでちらし鮨を食べるのははばかられ、そのまま札幌まで運んだ。出迎えてくれた講演会の主催者の人に言う。

「私、お弁当持ってきたので、お昼、結構です」

が、昼食はえらい人ととってくれということで、イタリアンのレストランへ。うーむ、困った。このちらし鮨を再び東京まで運ぶのか……。もう悪くなるかもしれない。そんなもったいないこと出来ないワ。と、私は夕方、控え室でふたを取った。とってもおいしそう。錦糸玉子に、エビ、アナゴ、カンピョウ、マグロがそんなに色が変わらずのっている。全部たいらげ、帰途についた。

次の日は九州博多へ。ホントによく働く私です。講演会の前、仲よしの地元新聞社の社長と有名鮨店へ。カウンターではなく、座敷で食べた。ここで彼は私のために、フグ刺しを四人前頼んでくれた。それと最後はお鮨の盛り合わせ。

店を出る時に紙袋を渡される。

「特製のちらしだよ。明日食べてね」

なんということだろう、この既視感《デジャブ》。おとといと同じことがまた起こったのだ。

次の日、朝ごはんに私はちらし鮨の折を開けた。おお、なんとデラックス！

東京のちらしはまぜ鮨であるが、こっちは鮨飯の上に、ネタが美しくのっかってる。コハダ、イクラ、カニ、マグロ、海老、おお、何というおいしさ。

ゆうに三人前あったが、夫がちょびっと食べ、後は私が食べた。こうして日本の東京、北と南でお鮨を私は食べた。幸せだった。体重計はここのところのってないから、どうということもないしサ。

痩せるお言葉

昨年（二〇〇六年）の暮れは、ホントに忘年会が多かった。毎晩のように、夜遅くまでワインをがんがん飲んでしまった。

そう、そう、長年タブーだったお鮨屋さんにも四回も行っちゃった。お鮨に合う白ワインをいろいろ知ってから、カウンターに座るのが楽しい。

そのうち、自分の体がふくらんできたのがわかる。

「そんなの、しょっちゅうじゃん」

と、読者の方は言うかもしれないが、今回はぐっと深刻だ。なぜなら、クローゼットの中の服が、入らなくなったのである。ジャケットは全部きちきちになり、前ボタンがかからなくなった。パンツ類は全滅といっていい。

ここで昨年の私の財政状況も思い出していただきたい。夏頃から、収入と支出のバランスが崩れて、いっきにビンボーになったのである。

秘書のハタケヤマからは「買物禁止令」が出た。この三ヶ月は、いっさい何も買うな、というのである。

私はつくづくわかった。ビンボーと肥満とはセットでやってくるのね。

こんなことを言っては失礼ですが、一部のロウワーな方々の中に、女を完全に捨てた人がいる。髪バサバサ、太っていて化粧っ気なし。もう着るものがないらしくて、毛玉だらけのフリースを着たりしている。

ああいうおばさんと私とは関係ない、と思っていたのであるが、貧困と肥満を抱えて、今の私はまさしくあちらに足を踏み入れようとしている。

ビンボー、洋服が買えない。ということは試着室で自分の体型をチェック出来ない、ということである。ショップの人に、

「ハヤシさん、ちょっと頑張ってくれないと、このサイズ着られませんよ。それともウエスト出しますか？」

と注意を受けることによって、女はハッと反省するのであるが、ここのところ私にその機会がなかったワケ。そしてどんどんデブになっていった……。

もう着るもんがない。三枚ぐらいのジャケットと二枚のスカートで昨年の暮れは乗り切ったんだから、ホント。私は週刊誌で対談のホステスをしてるのであるが、写真見るといつも同じ服。自分のインタビューの時も、同じ服。

いけない、おしゃれでビジュアル系作家の私はどこへ行ったのかしら。年が明けたら、グラビアのお仕事がいっぱい。カラーグラビア四ページで、

「林真理子さんの美しさの秘密に迫る」

というのもあったはず（違うタイトルだっけ？）。

心は焦るけど、体がついていかない。外見もしょぼいデブおばさんになっていく私……。

そんな年の瀬、年末進行でつらかった仕事も一段落し、私は映画を観に行った。ふつうだったらお買物に走るんだけれども、お金なし、サイズなしの今の身の上じゃ、何を見てもつらいわ。

しかしちょっぴり幸せなことが。バッグの中に、お歳暮にいただいた商品券が入っていたのである。貧しくなって、こういう幸せを噛みしめている私。キャッシュがない分、商品券がこんなに嬉しいなんて。

映画の後、デパートの下着売り場に行った。私はかねがね、商品券で自分の下着を買うのは、ちょっとビンボーたらしい気がしてる。なんか所帯じみてる。

しかし今、そんなことを言っていられない。商品券を使い、ワコールの「歩くだけでお腹がひっ込む」というガードルを買った。ついでに「ヒップアップ出来る」ガードルも買った。こういうまとめ買いのクセは抜けないらしい。

そしておしゃれな防寒シャツも。近く実家へ帰ることになっているのだが、山梨は本当に寒い。雪は降らないが、盆地特有のしんしんと響く寒さだ。

そして考えた。パンツがはけなくなってきている私に、山梨の冬が耐えられるか。スカートでいるつもりか。答えはノーだ。しかし私に今はけるパンツがない。

意を決し、私はエスカレーターで三階へ向かった。ここにL判コーナーがあるのだ。ああ、ここに足を踏み入れるのは何十年ぶりかしら。学生時代、ここにしか着るもんがなかった。今みたいに外国ブランドのものが買えなかったんだもの。それなのに、再び訪れるとは……。口惜しい。私はものすごくおっかない顔をしていたと思う。一刻も早くここを立ち去りたいのだ。よってお直ししないように、クロップドパンツにした。いちばん小さいサイズでいいと思い込んでたけど、そうじゃなかった……。私はぶすっとして商品券を差し出す。

「またいらしてくださいね。お待ちしています」

感じのいい店員さんのあたり前の言葉に、心底頭にきた。

「ふん！　誰が、こんなとこに二度と来るか！」

と心の中で毒づいた私。そして必死でダイエットを始めた。そして見よ、半月で、L判クロップドパンツがゆるゆるになってる。

全くショップの店員さんの言葉ぐらい、きくものはないんじゃないだろうか。

戸隠スピリチュアル・ツアー①

大人気のスピリチュアル・カウンセラー江原啓之さんと行く、恒例の「新年開運ツアー」も、今年（二〇〇七年）で四年めになった。最初の香港ツアーも入れると五年めだ。

その間、江原さんは日本中誰も知らない人がいないぐらいの人気者になり、その知名度はアイドル以上。

「騒がれて、みんなに迷惑をかけるといけないから」

と言って、変装用のマスクをされてきたが、誰が見たってわかるというもの。

私もヒトのことは言えませんが、昨年よりも太られたみたい。それにグッチの黒いマントを羽織っているから、その目立つこと、目立つこと。

「もう私たちだけじゃ、ガード出来ないかもしれないね」

と、私たちは心配になる。

私たちというのは、いつもの開運メンバー、アンアンの元編集長ホリキさん、この欄の担当ホッシーことホシノ青年、そして私の三人だ。

ホシノ青年は、毎年江原さんと一緒に開運ツアーに参加するようになってから運が上向きっぱなし。昨年は幸福な結婚をした。みんな年の初めのこのツアーをすごく楽しみにしているのだ。

どんなに有名になっても、昔どおりのやさしさは少しも変わらない江原さんが、いつも計画を立ててくれる。昨年の秋頃から、

「来年の開運ツアーは、長野の戸隠神社にしましょう」

とおっしゃっていてくれたのだ。

戸隠神社は、今、江原さんの中で一、二を争うスポットだという。

「とにかく伝わってくる〝気〟がすごいんです。とんでもないパワーを持った神社ですよ」

さて当日は、ホッシーが迎えに来てくれ、江原さんもピックアップして東京駅へ。時間があったので構内のカフェでお茶していたら、早くも気づいた人が騒ぎ始めた。

「あなた、マネージャーさん？　ちょっと先生と話をさせてもらえませんか？」

なんてホッシーは言われ右往左往していた。

これでは先が思いやられる。本当に最近の江原さんの人気ときたら、もう尋常ではない。私のまわりでもエハラーは急増している。そんな中にあって、二日間江原さんと一緒に、パワーももらいに行く私たちって、なんて幸せなんでしょう。

さて、私たちは新幹線で一路長野へ。ちょうどお昼どきで、ホリキさんが高級日本料理店の

おいしいお弁当を用意してくれていた。残さずいただく。

「江原さん、私たち年柄年中のダイエッターだけど、この旅だけは食べましょうね。炭水化物のカタマリのおソバも食べちゃいましょうね」

と私。戸隠はソバの名産地なのだ。

この戸隠へは、新幹線長野駅から、車で四十分ぐらい。駅にはジャンボタクシーが待っていた。

タクシーの中で、お喋りをべちゃくちゃ。これがとっても楽しい。とても楽し過ぎて、私たちは、かなりの雪山を上っていることに気づかなかった。

戸隠神社の前は、かなり深い雪で覆われているではないか。

「ひぇー、どうしよう。私、ふつうの靴だよ」

プラダのフラットシューズだ。

おしゃれなホリキさんは、流行のシープスキンブーツを履いていたが、これが幸いした。ホッシーはスニーカー。気の毒なのが江原さんで、靴底が滑る靴だったので、タクシーから降りるやいなや、尻もちをついてしまった。

「キャー、大丈夫ですか、江原先生。こんなところでケガされたら、私、責任重大」

ホリキさんが青くなる。私はタクシーの運転手さんを恨んだ。

「どうして、〝お客さんたちその靴じゃまずいよ。上の方は雪が積もってるよ〟って言ってくれなかったのかしら。そうしたら市内のスーパーで長靴買ったのに……」

が、そんなことを言っても仕方ない。私たちは〝宝光社〟と呼ばれる、途中の神社にお参り。今年は雪が少ないということだが、ずぶずぶ膝まで入るところを歩いた。

まず江原さんが歩いてくれて、深い穴をつくってくれる。その後に私が足を入れ、さらに穴を深くする。ちょっと足元が狂うと、新雪の中にズボッ、ズボッ。もうプラダも何もあったもんじゃない。

そして閉まっている宝光社に向かって拝礼し、今度は今回のメインというべき中社《ちゅうしゃ》へ。

「この神社は、アメノヤゴコロオモイカネノミコトをまつった、とても由緒のあるところなんです。この自然の中のロケーションが素晴らしいでしょう」

と江原さん。雪に囲まれた神社は人影もなくまさにスピリチュアルという感じであった。

私たちはお祓《はら》いをお願いすることにし、中で待った。ものすごく寒い。ストーブをつけてくださったが、体がガタガタ震えるぐらいだ。それにしても、長く時間がかかるなあ。私たちは椅子から立ち上がり、ストーブを囲んだ。

「どうしてこんなに時間がかかるんだろう」

その理由は後でわかった。ものすごく丁寧にしてくださっていたのだ。続きは次回で。

戸隠スピリチュアル・ツアー②

一月の戸隠神社は雪が深く、ほとんど人影もない。ずぼずぼと膝まで雪の中に入りながら、私たちはお祓いを受けるために中社へ。ここの寒いことといったら……。おまけになかなか宮司の方がやってこない。私たちはガタガタ震えながら石油ストーブを囲んだ……ということはお話ししたと思う。

やがて装束に身を包んだ宮司の方がやっていらして、祝詞《のりと》が始まった。それはびっくりするぐらい丁寧だ。ひとりひとりの名前はもちろん、その前後も長い。

「すごいですよ。ひとりひとりの名前を読み上げる前に、ちゃんと長い大祓いをしてくれているんです」

と江原さんも感激していた。

「昨年の箱根の某神社とは、なんていう差でしょう」

そう、あの某神社は、完璧にオートメーション化していた。大勢の人たちが押しかけるのでグループ分けして、しかも二人ずつ、名前を読み上げるのもおざなりで、なんとホリキさんの

名前は間違えられていた。

「あの某神社で適当なお祓い受けたから、昨年私たちイヤなことが起こったんだわ」

と私。そう、私は二月にひったくりにあい、テレビやスポーツ紙に書きたてられた。お金はもう戻ってはこないと諦めていた。それより口惜しいのは、いきなりうちの前でテレビカメラを回されて、ものすごくブスに映ったということである。

江原さんの方も、初めて週刊誌にワルグチを書かれた。

「だけど、名前を間違えられたおかげで、私にはイヤなことが起こらなかったかも」

とホリキさんが言い、みんな笑った。

そして夜は近くの旅館に泊まり、お楽しみの宴会が。ここいらの旅館は、みんな神官の人が経営する宿坊らしい。私たちが泊まったのは、中でもお料理がいちばんおいしいという辻旅館である。ここのおかみさんが有名なそば打ち名人だそうだ。

戸隠は日本でも一、二を争うそばの産地で、雪の下にはずうっとそば畑がひろがっているらしい。

実は夕方にも、私たちはそば屋さんで冷酒とおいしいざるそばをいただいている。私と江原さんは、かつて同じダイエットの先生についていたことがあった。絶対に炭水化物禁止というやり方である。

「だけどこの旅の間は、食べちゃいましょう」

「そうしましょう、そうしましょう」

　ということで、ガンガン飲み、そばをすする私たち。

　辻旅館の夕食もとてもおいしくて、素朴だけれども凝ったものがいろいろ出る。きわめつきは最後のおそば。ご飯をたらふく食べた後なのに、いくらでも入る。私と江原さんはおかわりした。こちらのおそばは、ふわっと盛らず、横に寝かせるようにするのが特徴である。二皿めはゆでたてを待ちかねていたのが幸いして、さらにおいしかった。

　後におかみさんが出ていらして挨拶したが、着物の似合うとても綺麗な人だ。二十分前にそばをこねていたなんて信じられない。

　そしてわかったことは、この戸隠において江原さんはアイドルといおうか救世主。マガジンハウスから出た『神紀行』にこの戸隠を書いたため、夏はどっと観光客が押し寄せたそうだ。

「江原先生がいらっしゃるのを、指折り数えてお待ちしていました」

　とおかみさんは涙ぐまんばかりだ。

「今夜は、地元の若者が集まってきていますので、地域振興についてちょっとお話しさせてください」

　本当に人気者は大変だ。しかし少しもイヤな顔をしないで、夕食の後も談話室へ行く江原さん。この戸隠は確かにとてもいいところだ。もっと人が集まればいいと思うけれども、この静けさも残して欲しいような。

ところで江原さんつきお祓いという、いま最高に贅沢なことをした私は、すっかりパワーをもらい、その夜ぐっすり眠ってしまった。

朝起きて障子を開けると、朝陽が雪にキラキラ光ってとても眩しい。今年は本当にいいことがありそう。

朝食にはなんとお汁粉がついた。おかみさんが、

「江原先生は甘いものがお好きだから」

ということでわざわざつくってくださったものだ。

昼食は駅ビルの中の、江原さんイチオシのおそば屋さんでからみそばを。辛味大根のしぼり汁で食べるものだ。ものすごくおいしい。

「ここの下のお店のおやきもいけますよ」

ということで、信州名物おやきをお土産にした私たち。帰りの新幹線の中でたっぷり頬ばる。そばづくし、炭水化物づくし。が、パワーづくしだったからいいか。

炭酸ガスダイエット

今月になっても、飲む機会は減らない。しょっちゅう友だちと会っては、飲んだり食べたりしている。もうおっかなくて、とてもヘルスメーターにはのれない。おそらく新記録の数字が出現することであろう。

そんなある日、某人気歌舞伎俳優の後援会の新年パーティに行った。歌舞伎好きの若い女のコがいっぱい来ていたけれども、さすがというべきかとてもいいおべべでいらしていた。言っちゃナンだけど、最近の若い人がよく成人式の時に着る、黒と赤のギンギン安っぽい振り袖ではない。おばあさまかお母さまが選んでくれたに違いない、品のいいものばかりである。

一流ホテルで行われるパーティなので他の人もおしゃれだ。カクテルドレスとか、ひと目でわかるシャネルやヴァレンティノのスーツを着ている。そお、なんていおうか、日本における古典派のセレブの会だったと思っていただきたい。

そこへ「貧困と肥満」という二大テーマをかかえて出かけた私。体型が変わったので着ていく服がない。お金がないので新しい服を買えない。着ていったのは、三年ぐらい前の古いジャ

ケット。少しでも痩せて見えるように黒いスカートに黒いタイツ、黒い靴……。そお、華やかなパーティには、少しもそぐわない格好だったの。

あら、向こうにいらっしゃる、赤と橙《だいだい》のラメのカタマリは、有名な女性アーティスト○○先生。もう八十近いお年だけれども、相変わらずファッショナブル。髪の毛も紫色だし。

「センセイ、あけましておめでとうございます」

とご挨拶したら、私をまじまじと見ておっしゃった。

「まあ、ハヤシさん、お太りになったわねぇ。昨年会った時よりも、ずーっと太ったじゃないのォ」

この言葉はとてもキイた。例の開運ツアーで、

「ハヤシさんには今年きっと愛する人が現れますよ。本当です」

と江原さんはおっしゃってくれたけど、こんなデブになっちゃって、誰が寄ってきてくれるのかしら。

そういえばこのあいだ雑誌を見ていたら、『やせずに幸せモテ女』とかいう本を書いたおばさんが出ていた。百何キロだかあって子持ちバツイチなのに、十三歳年下のエリートと結婚したそうである。

が、ここまでくると「デブ専」というかなり趣味性の高い話になっていく。私のように単なる中年太りは、いったいどうしたらいいんだろうか。

そんな時、仲よしのサエグサさんから電話がかかってきた。

「ハヤシさん、す、すごい話だよ！」

ご存知のとおり、サエグサさんと私とはダイエット仲間。最新の情報を提供し合うことになっている。

「あのさ、顔に炭酸ガスを入れると、みるみるうちに細くなっていくんだぜ」

「炭酸ガスって、あのソーダに入っているガスですよね」

「そう、そう、あのガスを顔に注入するんだ。お腹や二の腕にも注入すると、すっごい効果があるんだってさ」

「本当ですか？」

が、この情報通の私も、炭酸ガスなんて初耳だ。今度、山田美保子さんにでも聞いてみようかしら。

ところで最近、ダイエッターコンビとして定着した私たち。女性誌からよくお呼びがかかる。「どうやったら痩せるか」という対談を何回かしたし、来月は二人して滋賀の尼寺へ健康食を食べに行くことになっている。が、サエグサさんの方もお酒や食べ過ぎで、顔がどんどん大きくなっていく。これはマズいと思ったらしいサエグサさんは、この頃炭酸ガスのクリニックに行っているそうだ。

「僕は明日も行くんだけど、ハヤシさんの分も予約しといたよ。地図をファックスするけど、明日九時、大丈夫だよね」

そんなわけで、青山のクリニックに出かけた私。かなりドキドキしている。私はもともと痛いことが大っ嫌い。三年前にコラーゲンの注射をうってもらったことがあるけれども、痛くて一回だけにしてもらった。何でもその炭酸ガスは注射で入れていくんだって。

カウンセリングの結果、レーザー治療と組み合わせることに。これでまずシミをとってくれるそうだ。

出来たばっかりの綺麗なクリニック。ベッドに横たわっていろいろ考えたわ。本当にキレイでいる（になる？）のは、なんて大変なのかしら。私なんか努力が認められ、中年になってから少しずつ誉められている。そのためにこんなに一生懸命いろいろやっちゃって、が、そのストレスでまた食べ、自己嫌悪に陥ることの繰り返し。ああ、このデブ地獄の苦しさを誰が知ろう。サエグサさんのような仲間がいなかったら耐えられなかったかもね。

やがてお医者さんが来て、私のほっぺに注射をチュッ。顔はかなり痛いかも。この違和感。私は自分が巨大な炭酸ソーダになったような気がした。あーあ、ひと息にしぼんでくれないかしらん。

いいことありますように

このあいだン十年ぶりにセーラー服を着た。別にコスプレパーティに参加したわけではない。私がメンバーになっている「エンジン01文化戦略会議」という文化人の団体が、下関でオープンカレッジを開くことになった。いわゆる有名人が百人以上集まって、幾つものシンポジウムを開くお祭りだ。

チケットを売るために、いろいろ宣伝をすることになった。アートディレクターは秋元康さんである。秋元さんは言ったらしい。

「今度のシンポジウムは教育がテーマだから、ハヤシさんにセーラー服を着てもらおうよ。『青い山脈』のイメージでさ。それから三枝成彰さんは学生服で、カップルということでね」

そういうわけでスタジオに行き、学生服とセーラー服で撮影をした私たち。最初は、

「キスシーンを撮る」

などと脅かされていたのだが、そんなこともなくホッとした。

それに写真の出来上がりを見ると、そう悪くないような気もするの……。著名カメラマンが

撮ってくれた上にモノクロなのがよかったかも。見た人も、

「かわいいじゃん」

「違和感ないよ」

とか言ってくれた。もちろん苦しまぎれのお世辞とわかっているけれども、すっかり気をよくした私は、その写真を、連載している週刊誌のグラビアにも載っけてもらった。

が、話はそれだけでは済まない。やはり「エンジン01」のメンバーで、いつもタダ仕事をさせられている、有名コピーライターの眞木準さんから電話がかかってきた。

「ハヤシさん、予算がないんでCMは無理だと思ってたけど、つくることにしたんだ。またセーラー服着て、三枝さんと出てね」

いくら下関限定といっても、人の目につくCMはかなり恥ずかしいかも。

「私、遠慮しとく。すっごく忙しくて時間もないしさ。他の人にしてもらってよ」

「ハヤシさん、僕たちはさ、ハヤシさん以外のヒロインは考えていないんだよ」

強く言う眞木さん。私はこういう言葉にとても弱い。そして再びセーラー服を着ることになった。

場所はお金がないのでスタジオを借りられず、制作会社の一室を急きょ使うことになった。ものすごく狭かったが、贅沢は言っていられない。

眞木さんがその日、コンテを渡してくれた。学生服姿の三枝さんが私に言う。

「マリコさん、人生って何?」
コンテによると、〝マリコさんのセクシーな唇がアップ〟になって、
「大人になったら教えて、ア、ゲ、ル」
って色っぽく言うんだと。
もうこうなったらノリノリでやりました。
どうせ、と言ったら失礼であるが、下関の人しか見ないんだしさァ。
このCMはすぐに出来上がり、DVDが届けられたが私は見ていない。が、私が欠席してい
た「エンジン01」幹事会でこのCMを流したところ、爆笑につぐ爆笑だったとか。
私は石原さとみちゃんか、蒼井優ちゃんのイメージで演じていたのに、どうして爆笑が起こ
るのか本当に不思議だ。見た人からは、
「ハヤシさんって、本当に演技力があるね」
と誉められたが合点はいかない。
そもそも私は、かつてはCM女王と呼ばれた身、というのはウソとしても、完璧なシロウト
じゃないワ。今の若い人は知らないと思うが、かつて私はテレビに出まくり、ついでにCMに
も出てた。フジテレビのキャンペーンガールに、ワープロにお酒のCM。三つも出ていたんだ
から。お酒のCMなんか、
「今買うと、マリコのグラス差し上げます」

って言って、ほとんど美人女優のノリだったんだから、ホント。が、

「ハヤシマリコのグラスなんか誰が欲しいか」

と週刊誌に書かれ、すぐに打ち切りになってしまったのであるが……。

とにかくセーラー服を着たのも久しぶりなら、CMに出たのも久しぶり。が、このおかげで私の中に眠っていた女優魂（おいおい）が、再び目を覚ましたみたい。

今日、ある広告賞の審査会に出たら、眞木さんに出会った。眞木さんはなんと、今私でいろいろCMのプレゼンテーションをしているということだ。

「もし決まったら出てね」

「もちろん！」

またCMタレントに復帰かしら。このところの財政難ぶりはご存知だと思うが、CMに出ると、お金がいっぱい入ってくるはず。

かつて三本出ていた時は、全く何も知らず、「文化人ギャラ」ということで、ちょびっとしかもらえなかった。が、今度はちゃんとしてもらえるかもと、夢はふくらむ私である。

そうそう、江原さんと行った新年開運ツアーのおかげで、このページの担当、ホッシーは一万円の宝くじが当たったそうだ。

私にもきっといいことがありますように。下関のみなさん、CMを見た感想を、どうか送ってくださいね。お待ちしています。でも、本当のことを言っちゃイヤよ。

Wエッチからの脱却

Wエッチ、貧困と肥満はまだ続いている。この状況から何とか脱却しなくてはと、久しぶりに買物に行った。青山のジル・サンダーというといつものところよ。以前から目をつけていた真白いレザージャケットがあるの。それはそれはやわらかく、白いレザー。一見ウールジャケットだけど、よく見ると革。なんておしゃれなのかしらん。しかし、

「こんな汚れるもの、いったい誰が着るのかしら。ワンシーズンでおしまいじゃん」

と思う私。

「でもハヤシさん、そういうのが本当のおしゃれ、贅沢じゃないですかァ」

仲よしのファッション誌編集長、H氏は言った。

「そういうの、カッコいいですよォ。真白いレザーなんていいなァ……。ワンシーズンだけだっていいんじゃないですか。ステキですよォ」

と聞いて私は心を揺さぶられたのだ。

春になるとおでかけもいっぱい。来週はグループで温泉へ行くことになっている。そんな時、

白いレザーなんていいかもねぇ……。お値段もかなりするけれども、来月のカード決済の頃には新刊も出てるしさァ……。

というわけで、私は意気込んでジル・サンダーへ行ったのであるが、結局は買わなかった。なぜならこの二ヶ月のWエッチ、貧困と肥満で遠ざかっているうち、洋服のサイズが、ワンサイズ上がっていたのである……。ああ、ビンボーにはなりたくない。デブにはなりたくない。涙ぐみながら深夜放送を見ていたら、私のようにデブの女が出てきた。そして次はすっかりスリムになった映像が……。

「私はこれで五キロ痩せました」

サプリメントの広告ではない。何とかキャンプ・ワークアウトっていうんだと。今アメリカでいちばん流行ってるエクササイズで、アメリカの新兵を訓練するための運動だという。

「一週間で確実に体が変わります」

とインストラクターの人がきっぱりと言い切った。

もう何回こういうものをムダにしてきただろうか。が、私の指は次の瞬間、受話器に伸びている。ところが、真夜中にもかかわらず、

「今、電話が混み合っているので、しばらくお待ちください」

だと。そうか、今、日本中のデブたちが、最後の望みを託して電話をかけているのね。もっとも、私らデブに「最後」はない。いつまでも続けちゃうんですけどね。

ところで先週末、私は下関へ行った。有名人の団体「エンジン01」が、ここでオープンカレッジを開いたのである。百人以上の文化人が集まり、二十七コマのシンポジウムを開くのだ。地元の人たちが大歓迎してくださって、その夜のウエルカムパーティがすごかった。なんと下関名物のフグのお刺身が、大皿に盛られてどかーんと出てきたのである。その他にもお鮨、お刺身の舟盛り、ローストビーフと、ご馳走がどーん、こちらだけのちょっと炒めて食べるおソバも出たわ。

私はもちろんガツガツ食べまくり、二次会にも出た。ここでもフグのコースがどっさり。そしてきわめつきは、次の日のシンポジウムである。

「フクの快楽」（下関ではフクという）と称して、リストランテ・ヒロの山田シェフ、クイーン・アリスの石鍋シェフによる、フグを材料にした料理実演が行われたのだ。ナビゲーターは、レストラン・ジャーナリストの犬養裕美子さん。すごく頭がよい女性で、学術的にフグのレシピを解説する。その傍で、ひたすら食べる役が、私と三枝成彰さん。お箸を持って待ち構えていた。

山田シェフがつくったのは、白子のパスタに、揚げた白子をつかったサラダ、石鍋シェフは、白子のフリット、白子の西洋カブラ蒸しのようなもの。どれも素晴らしくおいしかった。

「いやぁー、いい思いをさせてもらっちゃって」

とお礼を言った後、私だけひとり宇部空港へ。みんなはもう一泊するが、私はいろいろ用事があったので早く帰ることにしたのだ。

フグをあれだけ食べたのに、なぜか口さみしい私。空港のレストランで、尾道ラーメンなるものを食べた。お醤油味のとんこつラーメンであったが、意外なほどおいしかった。

そういえばラーメンを食べたのは何年ぶりかしら。貧困から脱け出すことは大変だが、肥満から脱け出そうとするのはいつでも出来る。それなのに私は、ぐずぐずと食べ続けているのである。

そうよ、でも、あと一週間の辛抱よ。一週間したら、通販で買ったエクササイズセットが着くわ。そう、女がああいうものにムダ金を遣うのは、新しいきっかけが欲しいためだわ。

ところで宇部空港で「フクチョコ」が売られていた。小さなフグの形をしたチョコだ。これを買っていったところ、東京で大ウケ。小分けにして、バレンタインにも使わせてもらったぐらいだ。

来週はいよいよ何たらキャンプ・エクササイズを始める。肥満からの脱却の春である。

極楽の出前

ある人が私に言ったことがある。

「人間、エラくなると、習いごとはみんなうちに来てくれるようになるんだね」

私はエラくはないけれども、たいていのことはうちで済ませているかもしれない。かつてレッスンをつけてもらっていたクラシックの声楽と英語、その昔はピアノもそうであった。自分がだらしなくて、長続きしない性格だとよくわかっているからである。

美容関係では、ネイルの出張もお願いしてもらっていたことがあったっけ。が、これはペディキュアをしてもらう際、当時設備が家庭では不充分のような気がして、すぐにやめてしまった。

最近では週に二回のトレーニングが、私のメインになっている。ストレッチ体操と有酸素運動を二時間みっちりとする。トレーナーが二人ついて、とってもハードなメニュー。そもそもこれをやり始めたきっかけは、久しぶりに会った男友だちがすごくカッコよくなっていたからだ。

「このカニ腹を見てくれ」

とTシャツをめくり上げた。確かに筋肉の割れめがついている。すぐに十キロ痩せ体が引き締まったというので、私もさっそく始めたのである。

が、結果はどうであったか。最初のうちこそちゃんと食事制限をしていたのであるが、そのうちにさぼり出した。

「こんなに運動してるんだもん。少しぐらい食べたっていいじゃん」

と居直ったのである。それからはもう、坂道をころげ落ちるばっかり……。これじゃいけないと本気で思い始めた。トレーニングの会社の社長にも叱られた。

「ハヤシさん、春になったらまじめに絞りましょう。心を入れ替えてくださいよ」

あ、そう、そう、と社長は言った。

「今度うちでアロマのエステを始めたんですよ。体験ということで一回試してください」

ということでスケジュールを入れておいた。トレーニングの後、一時間半ということだ。

さて当日、トレーナーの女性以外に、小柄な若い女性がすごく大きなマットを持ってやってきた。これがベッドになるらしい。

「ハヤシさん、どこか独立した部屋がありますか」

なんでも紙パンツ一枚になるんだと。そんなわけで、ふだん使っていない部屋で用意してもらった。今日はそこでトレーニングもする。踏み台を昇って降りる運動を六十回ずつし、後は腹筋に背筋運動。こんなにやって痩せないのって本当に不思議。

それはさておき、お風呂場へ行き、シャワーを浴びて帰ってきた私はびっくりした。うちの客間にちゃんとしたベッドが組み立てられているではないか。タオルガウンやスリッパもちゃんと揃っている。そしてアロマの香りを出す扇風機もとりつけられ、いいにおい。

「ハヤシさん、ラベンダーとローズ、どっちがお好きですか」

「ラベンダーかしら」

そんなわけでエステが始まったのであるが、もう気持ちいいったらありゃしない。マッサージを足の先から頭皮までしてくれる。いってみれば「極楽の出前」という感じであろうか。

「気に入ったらまた呼んでくださいい」

と料金表を置いていったが、案の定高かったワ。高いといえば、このトレーニング代もとても高い。ふつうのOLだったら、目をむくような料金だ。だからお客はヒルズ族や、お金持ちばかりである。うちの経済レベルだと、ハタケヤマには、

「ハヤシさん、かなりきついです。駅前のスポーツクラブへ行ってください」

なんて言われる。

が、私は怒鳴る。

「仕方ないでしょう。この美貌と若さを保つのにはお金がかかるんだから」

それでこんだけ食べていれば世話はない。

最近、スタバで働く私の妹分のA子ちゃんが、実家の茨城の干し芋を送ってくれた。このおいしいことといったらない。丸干しの干し芋は、スイートポテトのようにねっとりと甘い。あまりのおいしさに十箱買って送ってもらい、皆に届けたものだ。そう、お取り寄せも私の趣味となりつつある。全国のおいしいものをわざわざ運ばせて食べようというのは、何と欲深でありましょう。

欲深といえば、自宅のケータリングも相当贅沢なものかもしれない。私は時々お金持ちのうちにお呼ばれするが、この頃はケータリングがふつうである。それもハンパなところじゃない。なじみのイタリアンやお鮨屋から来てもらうのだ。

実はこの私も、パーティにお鮨屋さんのケータリングを頼んだことがある。うちのダイニングテーブルを使ってショーケースをつくってもらい、ネタを並べていた。おしぼりもおしょう油さしも、もちろん割り箸も持ってきてくれて、本格的な屋台がみんなに大好評であったのを憶えている。

そう、家に来てもらって、ステータスの証かもしれない。私のように支払いに苦労しているうちは、とてもステータスがついたとはいえないけど。

ふくらむタチ

いま、いちばん新しい美容法、カーボメットを試していることは、既にお話ししたと思う。これは頬に炭酸ガスを注射していく。ガスが脂肪を溶かして小顔にしてくれるのだ。が、美容の専門家ともいえる雑誌編集者たちに話したところ、

「まだ早過ぎる。もっと普及してからの方がいいかも」

という意見が大半であった。

仲よしのファッション誌の編集長などは、

「うちはそもそも注射もんに反対だから、美容ページでも記事にしません」

だと。そんなわけで私も一回きりでひかえていたところ、このページの担当の新婚ホシノ青年が言った。

「ハヤシさん、うちの奥さんの周りでも炭酸ガス流行ってるらしいですよ。すごくいいって」

と言うではないか。ホシノ青年の奥さんは、某ファッション誌の編集者である。最初のうちは、「やめた方がいいんじゃないですかァ……」と言っていた彼が宗旨替えしたので、私もす

っかりその気になった。そして二回めにチャレンジ。今度は顎にも入れてもらった。

これは痛い、なんていうもんじゃない。ほっぺたの場合はチクリで済むけど、これは首に針を刺された感じ。こんなに痛いのなら、もう二度とやるまい、と思ったぐらいだ。

そして次の日、驚いた。右のほっぺがぷうっとふくれているではないか。おたふく風邪をひいたみたい。ハタケヤマも、

「ハヤシさん、どうしたんですか、その顔」

とびっくりしている。私はもう真青になった。今日は、ちょっと素敵な男性と会うことになっているのだ。大あわてで熱いタオルをあてたりした。おかげで夕方になったら少ししぼんだかも。

次の週に、クリニックに行ったところ、まれに私のようなケースもあるということ。

「でも確実にしぼんできますからね」

そりゃそうだ。そんなわけでもう一回、エステとカーボメットをしてもらった。そして次の日、また私の右頬はおたふく風邪になってしまった。どうやら私はふくらみやすいタチらしい。

それならば、スッパリやめればいいと人は言うかもしれない。が、カーボメットを三回したところ、肌が目に見えて変わってきたのである。念願の小顔にはあと七、八回しなくてはならないらしいが、その前に肌がピカピカになってきたのである。

このあいだヘアメイクの人にも、

「ハヤシさん、どうしたんですか。肌がものすごくいいですよッ」
と誉められたぐらいだ。私は最近ファンデを塗らないことにしているが、たいていの人は「ウソーッ」と驚く。それだけお肌がいい感じになってきたのだ。これからも続けようかしらん……。

が、困ったことが起きている。私がクリニックに行くのはたいてい水曜日なのであるが、次の日とその次の日も頬がふくれている。よって木、金はこぶとりおばさんのままでいなくてはならない。土曜日から腫れがひいて、日曜からスッキリなのである。

さあ、どうするか。ここしばらくはこのローテーションでいくか悩むところである。

そしてカーボメットは、また別の効果を私にもたらした。この施術は結構高い。

「こんなに高いお金払って、痛い思いして細い顔にしようとしてるのに、パカパカ食べていたら何にもならない」

という、しごくまっとうな考え方にたどりついたのである。そしてやっとダイエットモードに入った私。

うちのハタケヤマがつくづく言う。

「ハヤシさんぐらい、美容と健康にお金を遣う人は、おそらくいないんじゃないですか」

それなのに、こんだけ効果のない人も……、という言葉をその後ぐっと呑み込んだのがわかった。

そう、週に二回のパーソナルトレーニングにエステに顔筋マッサージ。友人が勧めてくれた朝鮮ニンジンの生ジュースにロイヤルゼリー、ハワイ深海の水に、ブルーベリージュース……。新しい美容法をいろいろ試すのもかなりのエネルギーを必要とする。

が、何をやっても大切なのは中身よ、ココロよと、突然とってつけたようなことを言う私。

実はこの頃、テレビでよく見る若手の女優さんが気になって仕方ないのである。つんと上を向いた鼻と切れ長の大きな目が、シャムネコみたいで可愛いんだけど、すっごく不自然。どう見てもかなりいじった様子。おまけに何といおうか、意地の悪さがよーくにじみ出ているのである。

「若いコはごまかされても、このおばさんの目は確かだからね」

とずっと思っていたら、私の担当の某週刊誌記者が憤っていた。彼女にインタビューしたら、それこそサイテーだったというのだ。

「今まで会った芸能人の中でサイアク。早く落ち目になってほしい」

そう、中身はおそらく外に出る。私とて、中磨いてこその外、といつも心がけている。が、まずお肉を磨いて取ろう！

キレイの損得勘定

名古屋ナイトだニャー

朝、銀行に行ってきたハタケヤマが、通帳を前に突き出して言った。

「ハヤシさん、ひとつのHから脱出しました！」

最近私をおしゃれから遠ざけている、ふたつのHのことはお話ししたと思う。それは貧困と肥満である。このふたつのために、私はどんどんバババっちくなっていったような気がするの。

「ここんとこ、文庫がバンバン出てるから、印税がバッチリ入ってきました。もう税金も払ってるし、Hからは脱出しました」

とハタケヤマ。昨年はボーナスが出ないんじゃないかって、ひやひやしたこともあったわよね。

「だからハヤシさん、もうひとつのHからも脱出してくださいッ」

あなたに言われなくたってわかってるわ。デブになると、もうどんな洋服を着ても似合わない。特にニットが最悪だ。冬の間は何とか誤魔化せたけど、薄着になるともうダメ。ぜい肉の場所と形がくっきりと現れて、「人体図鑑」のようになってしまう。

春に向かって本当に何とかしなきゃ。こうなったら夕ご飯を抜くしかない。これがいちばんてっとり早い方法だ。

コピーライターの眞木さんは、約束どおりCMのお仕事をくれたし（何人も出るやつですが）、女性誌のグラビア依頼もいっぱい。ああ、私、少し女優さんの気持ちがわかるようになったワ。美しくあり続けようといつも気が抜けないって、何て大変なことかしらん……。

が、例によってこの私の決心を邪魔することがしょっちゅう起こる。いうまでもなく、魅力的なお夕食のお誘いである。講演で名古屋へ行くことになった。四時には終わって帰るはずであった。が、あちらの知り合いから電話がかかってきた。

「ぜひ名古屋でご飯を食べましょう」

なんでも名古屋駅前に高層ビルが建ったそうだ。この時はグランドオープンはまだであったが、中のレストランはお得意さまを招待してお披露目をしている。

「その夜、エノテーカ・ピンキオーリに招かれているから、一緒に連れていってあげるわ」

ありがたいお申し出である。エノテーカ・ピンキオーリなんて高級イタリアン、めったに行けない。

そんなわけで、その日講演が終わるやいなや、駅前のビルへ急ぐ。このところ、東京のテレビでもいっぱい報道されている、名古屋の新名所。好景気の名古屋の空気を反映し、ブランドショップもすごいんだと。

ビルの下の方は内覧会が始まっていて、かなりの人混みだ。各ショップや企業からの招待客なので、みんなお金持ちっぽい。

話題の名古屋嬢がいっぱいいたニャー。この頃、コミックにもテレビドラマにもなっている名古屋嬢。お世辞ではなく、キレイでびっくりした。

東京の女のコのように、カジュアル度が高くない。本当にみーんな巻き髪、ばっちり化粧、エレガントな服装だ。手を抜いていないことにびっくりする。

タカが、といっては失礼であるが、ビルの内覧会である。パーティっていうわけではない。が、名古屋は狭いために、いつどこで誰と会うかわからない。特に今日は招待客ばかりだから、知り合いにもいっぱい会うはずだというわけで、みなさんそりゃあおしゃれをしている。しかも早めの春のお洋服で、ブランド品のバッグを持ってる。気づいたことであるが、名古屋嬢は、女友だちとふたり連れがほとんどだ。やはり結婚前、男の人と二人で目立つところへ行くのは、あんまりしない土地柄なのかもしれない。

話によると、名古屋嬢は地元のお嬢さま学校に下から行って、就職しないことが第一条件だ。花嫁修業しながら、いいご縁がくるのを待つだニャー。

それにしてもこのビル、ブランド店がいっぱい。ルイ・ヴィトン、セリーヌ、カルティエetc……。買いたい気持ちは山々であるが、まだ貧しかった頃の気持ちが残ってるし、体型も戻っていない。ちらっと見ただけで、四十二階のエノテーカ・ピンキオーリへ上がった。

名古屋の街を下に見ながら、おいしいお食事が始まった。シャンパンもおいしいし、景色もステキ。すると向こうから、黒いレースのドレス姿の女性がやってきて、ちょっと驚いた。正真正銘のトワラーで、あの君島十和子さんと、髪から洋服までそっくり同じなのだ。

「そういえば、君島さんちのお洋服や化粧品、名古屋でものすごく売れてるんですって」

「十和子さんって、綺麗な人よね。あの綺麗さとエレガントな感じは、まさに名古屋にぴったりなのよ」

などという話をしていたら、本物の十和子さんが入ってきて、これには本当にびっくり。さっきの黒いドレスの女性はお客さまで、一緒のテーブルだそうだ。そうか、十和子さんは東京でも大人気だが、マインドは名古屋なんだ。決して手を抜かない、いつでも美しい姿は、さっき見た名古屋嬢たちと重なるのだ。それにしても食べ過ぎた夜だったニャー。

上がったり下がったり

先日のこと、私は日本橋のマンダリンオリエンタル東京へ行った。

東京は今、ホテルラッシュであるが、マンダリンといえば、その中でもおしゃれで豪華なことで知られている。が、おしゃれ過ぎて入り口がわからない。たぶんセキュリティのためだと思うが、かなりややこしいことになっているのだ。いや、私がトロい方向オンチのためかもしれない。

まずビルの一階からエスカレーターで二階へ上がる。が、入り口がわからない。私はガードマンさんに尋ねた。すると、

「一階のインフォメーションに聞いてください」

だって。またエスカレーターで一階に降りたところ、インフォメーションは七時で終わっていて誰もいない。仕方なく隣りのエスカレーターに乗ったところ、三階の宴会場に着いた。私は以前ここへは二回来たことがある。が、ここから上に行くエレベーターの位置を忘れてしまったのである。

あいにくその夜は宴会が何もなく、三階のフロアには誰ひとりとしていないではないか。さまよっていたら、工事のお兄さんが歩いてきた。

「すいません、上の三十七階に行きたいんだけど」

「それならこっちですよ」

と案内してくれたら、フロアの奥の目立たないところにエレベーターが。

「いったいこれで、上にたどりつける人がいるんですかッ⁉」

と、私は自分のドジを棚に上げて、プンプンしてしまった。

が、マンダリンの三十七階に着くと、そこは別世界。素晴らしい東京の夜景が向こうに拡がり、黒人のジャズトリオが演奏している。右奥の方はシャンパンバーで、左の奥はフレンチレストランになっている。急がなきゃ、さまよったおかげでなんと十五分も遅刻してしまった。ウエイティングバーには、某テレビ局のアナウンサーの方が待っていた。小説の取材で、おめにかかることになっていたのである。

今どきのキャピキャピ女子アナではなく、しっとりした年配の方だ。もちろん美人。洋服のセンスもとてもいい。彼女を紹介してくれた人と共に、とても楽しいディナーが始まった。

そしてつくづく感心したことがある。さすがにアナウンサーの方というのは、喋り方がなんて綺麗なんだろう。時々身ぶり手ぶりが入るが、少しもうるさくなくエレガント。そして話している時は、口角がキュッと上がっている。

これは私が最も苦手とするところだ。

テレビに出るたびに、いつも人に言われる。

「どうしてあんなにぶっきら棒に、早口に喋るの?」

どうも緊張感がなく、口角がだらんとしているらしいのだ。だから今回CMに出る時に決心した。

「よし、口角をキュッと上げて感じよく喋ろう」

その撮影が先週行われた。場所は江東区のはずれの大きなスタジオである。私は自分の服で、ヘアメイクだけしてもらった。このCMは、企業の派手なものではなく、公共放送に対する意見広告のようなもので、文化人が五人出演する。私はソファに腰かけ、セリフを口にした。そう長くはないが、最近とみに記憶力が悪くなった私にしてみれば、憶えるのはかなり大変だったワ。

CMの撮影だからスタッフの数もものすごく多い。いつもの雑誌のグラビア撮影とは大違いだ。

出来るだけ感じよく、口角を上げて喋ろうと私は頑張った。

やがて撮影したものを、モニターで見る。ダイエットが間に合わず、画面には丸っこいおばさんが映っているのはまことに残念。とはいうものの、喋り方はそう悪くないような気がするの。口角もキュッと上がってるし。

しかしややあって、監督さんが言った。わりと遠慮した感じで、

「あの、これは個人的意見ですけど、あんまり口角を上げない方がいいんじゃないでしょうか……」

つまりとても不自然に見えるらしい。なんてむずかしいんだ。よって私はふつうに喋ったのであるが、ふつうにすると口角はいっきに下がり、うんとフケて見えた。

それから私は、テレビのアナウンサーを見る目が違ってきたのである。あの方々は、正確にニュース原稿を読みながら、口角を上げ、とても綺麗な表情をつくれる。しかも自然である。あれは訓練によるものであろうか。私もやはり「アナウンス学院」といったところに通った方がいいんだろうか。これからどんどんおばさんになって、口角は下がっていくしさ……などと思いながら、今日も顔筋マッサージをしている私である。

このマッサージのおかげで、法令線は消えたのであるが、唇の両脇の線は消えない。口角との戦いはこれからもずっと続くのである。

目指せプリマダム

今年（二〇〇七年）の春は、記録的な女性誌の創刊ラッシュだそうだ。

おかげさまで声をかけていただき、創刊誌に載っけていただいた。中の一誌は、

「林真理子さんの男友だち」

ということで特集を組んでくれた。私は読む人をうんと羨ましがらせようと、ハンサムでインテリで、うんとカッコいい男友だちを十人選び出した。仲よしの三枝成彰さんはもちろん、東大の役所広司と呼ばれる船曳（建夫）教授、秋元康さんとか辰巳琢郎さん、ギョーカイ代表としてはテツオにも出てもらった。

「ハヤシさん、うんと若い男友だちはいないのね」

と、やっかみで言う人はいても、まあ、ほとんどの人は、

「こんだけのメンバーと仲よしだなんて、さすがねぇ！」

と羨ましがってくれる。中でもこれで「テツオの顔を初めて見た」という人の反響が大きか

った。

「テツオさんって、ものすごいハンサムですねぇ。俳優さんみたい」

という声もあがる。

確かにその写真は、モノクロということもあって、ものすごくカッコよく写っていた。実際会うと、もう四十も半ば、かなりフケているのだが、写真に関してはそのフケぶりが男の陰影を出しているではないか。

それにひきかえ、私はただのデブのおばさんに写っていた。言ってもせんないことであるけれど、あーあ、四年前が懐かしい。

おととい写真屋でもらうミニアルバムが何冊か出てきて眺めていたら、四、五年前の私の痩せていること、若いことといったらない！　顎もすっきりしていて、今とは別人みたいだわ。せっかく「中年の星」的に持ち上げてくれるようになったのに、こんなにババっちくなったら、もうサギみたいなもんよね。

暗い気分のまま、セレブの街・二子玉川《ニコタマ》へ。ここの髙島屋でトークショーがあったのだ。私の男友だちを特集してくれたところとは別の女性誌が、創刊記念として私のトークショーを企画したのである。

「ハヤシさん、ものすごい応募があったんですよ。みんな本物のハヤシさんを見たいんですね」

と編集長が言ったが、私の気持ちは沈んでいくばかり。こんなに太ったままの私をお見せしたくなかったワ……。きちんとヘアメイクもつけてくれたけど、鏡にはやっぱりおばちゃんが映ってる。だったらダイエットすればいいのであるが、もうヤケになって、差し入れのお菓子やサンドイッチにかぶりつく私。

案の定、ステージに立ったら、「あれ……」と言いたげな空気が流れてきた。すいません。ポスターに使っている写真は、私がうんと痩せていた三年ぐらい前のもんです。

「でもハヤシさんは、肌がすごくおキレイですから、とても若く見えますよ」

と慰めてくれる編集長は、まだ四十になったぐらいの女性である。ハイグレードなファッション誌にふさわしく、上品な美人でものすごいおしゃれさんである。

ヘアメイクの女性が、

「ハヤシさん、あの編集長、モデル出身なんですか」

と私に尋ねた。そのぐらいスタイルもよくて、すうっとしているのだ。私が聞いてみたところ、

「とんでもない。でもバレエはずっと続けてますよ」

だって。クラシックバレエを十年近くやっているから、ぜい肉もつかず、姿勢もすうっとしているらしい。

「ハヤシさんも一緒にしましょうよ。ご紹介します」

と言ってくれ、私の胸は騒いだ。実はこの私、ご幼少のみぎりにクラシックバレエを習っていたこともある。今でも観るのは好きで、ついこのあいだもKバレエカンパニーの「白鳥の湖」に行ってきたばかり。

「ねぇ、大人のためのバレエスクールに私も通おうかな」

とハタケヤマに言ったところ、

「その前にダイエットをした方がいいんじゃないですか」

いつもながらのクールな反応だ。

「そのままじゃ、レオタード着られないでしょう」

が、家に週に二回来てもらっている、パーソナルトレーナーは言う。

「ハヤシさんぐらい、リズム感がいい人はちょっといませんよ」

彼女はトレーニングの中に、ジャズダンスの要素を取り入れてくれているのだが、それがとてもうまいというのである。

「ハヤシさん、踊るのはお勧めですよ。ぜひ何かをやってくださいよ」

社交ダンスにも心動かされるが、私の場合おばさんっぽくなるような気がする。

「シャル・ウィ・ダンス？　オールスター社交ダンス選手権」をよく見ていたが、とても半端な気持ちでは出来ないぐらいハードだ。私、やっぱりクラシックから始めたいな。踊る時は、お腹、ぐっとひっこめるしさ。

さあ、始めよう！

このページの担当、ホッシーことホシノ青年が言った。

「ハヤシさん、このあいだ通販で買ったナントカキャンプワークアウトのDVD、どうなったんですか。飽きたら僕にくれるって話じゃないですか」

「ああ、そういえば封も切ってなかったっけ。七日間待って。今日から始めるからさァ」

そろそろ初夏の訪れ。私も心を入れ替えなくてはいけない、と思っていたところである。体が重くなっているのが実感出来る。昨年買ったジャケットの前がとまらない。それよりも、写真に写る私の顎がたるんでいるのである。

いけない、これじゃ。美と知性を売り物にしている私にとって大打撃だわ。

「それで、ハヤシさん、いったいどのくらい体重が増えたんですか」

と、トレーナーのA子さんが尋ねた。何度もお話ししていると思うが、週に二回、パーソナルトレーニングに来てもらっている私。はっきり言ってものすごく高いです。他のメンバーはといえば、誰でも知っているITヒルズ族とか、若手の大企業社長といったお金持ちばっかり。

物書きなんか私ひとりだ。

ストレッチから始まって一時間半、みっちりトレーニングをつけてくれるのであるが、私の場合これがマイナスに働いた。

「これだけ運動しているから、ちょっとぐらい食べても」

という風に心が働いてしまったのである。

ワイン会に二つも入って、しょっちゅう高いものを飲むようになった。おまけにうちの夫がとんでもない呑んべえときている。今まで私がお酒をセーブしていたので、レストランではハーフボトルであった。それが私が飲むようになったのでいい気になり、一本オーダーするようになった。二人で一本では足りず、もう一本頼むていたらく……。おかげで友人とランチをとっていても、私だけグラスワインを頼むようになったぐらい。

「それで太ったきっかけはよおくわかりましたけど、いったい何キロですか」

A子さんは詰め寄るが、実は怖くてこの四ヶ月というもの体重計にのったことがないの。

「痩せてから計ろうと思っていた」

というのは矛盾する考え方だと思うが、デブの人にはわかってもらえると思う。いったん体重計にのると、もう生きるのもイヤになるぐらい落ち込んでしまうんだもの。

が、私は今回七日間のナントカキャンプワークアウトを始めるにあたって、ついに体重計にのることにした。その前にDVDについていたメジャーでお腹のまわりを計る。CMどおりにしたわけだ。すごい数字が出た。表にしてそこいらに置いておくと失くすのでカレンダーにつけておいた。もちろん暗号です。

そしていよいよ体重計にのった……。

「ギャ〜〜ッ！」

この三年間で最高値を記録していたのである！　昨年パーソナルトレーニングを始めた時よりも、十キロ近く増えているわ。が、私は落ち込まない方法を考えた。十の単位と一の単位をひっくり返し、それが自分の体重だと思い込むことである。そして今日から頑張るのだ。

深夜うち中が寝静まった頃、さっそくDVDをかける。Tシャツにトレーニングパンツ、シューズもはいて、さあ、始めよう。

引き締まった素晴らしい体の黒人男性が出てきて言った。

「さあ頑張ろう。きついかもしれないけど、僕は結果を君にちゃんと約束するからね」

ホントに約束してくださいよ。そしてけなげに私はトレーニングを始めたのである。

私の友人のひとりはこうメールをくれた。

「マリコさんもあのDVDを買ったんですね。私も深夜のCMを見ていて、楽しそうだなァ、買ってみようかなぁと思っています」

楽しそうに見えるのは、後ろで二十人ぐらいが一緒に動いているからである。夜中にひとりでやっても少しも楽しいことはない。おまけにこのトレーニングのきついこと、きついこと。

一日めの基礎編でこんな調子でついていけるんであろうか。

「大丈夫。初心者のメリー（だっけ）も頑張っている。さあ、君も頑張ろう」

私のつぶやきが聞こえたのか、黒人男性は励ましてくれるのであるが、私は三十分でダウンした。特にバンドを使ってからが本当に大変なのである。

ところで私は、今話題の「ドラリオン」を観に行った。スーパーサーカス「キダム」の続編と言った方がわかりやすいだろうか。幻想的な本当に素晴らしいパフォーマンスである。アーティストと呼ばれる団員たちが、次々と空中サーカスや玉のりを見せてくれるのであるが、とても同じ人間とは思えない。だって空中で三回転しながら、輪をくぐり抜けるのである。

私にとってあのDVDのトレーニングは、まさにドラリオン級。あのまま五十五分間、あの動きを続けるなんて至難の業《わざ》だ。が、今夜も私は基礎編からもう一度始めるつもり。

いっさい酒抜き、炭水化物抜きを始め、そう、体重計のめもりは、確実に少しずつ減っているのである。ホッシー、もういっぺん七日後に連絡してほしい。

もてぷよ

久しぶりに体重計にのり、卒倒しそうになった。

そして今、私は頑張っている。お酒も飲まず、ご飯、パン、パスタも食べず、週に二回のトレーニングに精を出している。

おかげで体重は、一週間で一・七キロ減った。が、その後あまり変化はない。ハタケヤマが言うには、

「ハヤシさん、顔は全然太ってないですよ」

そりゃあ、そうです。顔筋小顔マッサージ、一生懸命やっている。この頃コツがつかめ、まるで粘土をこねくりまわすように、力を入れて顔をひっぱりあげていく。この頃は夜もヒマがあるとこねくりまわす。おかげで、ヘアメイクさんから驚かれた。

「ハヤシさん、すごいですよ。法令線がまるっきり消えました」

そうなのである。前から気になっていた弛《たる》みも消え、顎の線もデブながらすっきり。

が、やはり体重が増えたのはいたしかたない。お腹や太ももにお肉がびっしりついている。

私は夜、タンクトップでダンベルを持つ。揺らす、すると二の腕がぶるぶる震える。肉全体

が踊る。す、すごい。

「人間って、こんなに肉がつくものなんだろうか」

と、われながら感動してしまう。

私と親しい女性誌の編集長は、このあいだ「もてぷよをめざそう」という特集を組んだところ、大あたりしたそうだ。

「僕はそう若くない女の人の二の腕が、ぷよっとしてるの、ものすごく色っぽいと思ってるんですよね」

ということであるが、横から見て体の側面と同じ太さの腕というのは、もはや色っぽさとは無縁だワ。本当に頑張らなきゃ。

そんな時、テレビを見ていたら、シンクロナイズドスイミングの話をしていた。一日に五千キロカロリーというすごい量を、とにかく食べる。この量をちょっとでも減らせば、たちまち痩せ細ってしまうというではないか。

「そうか、次はシンクロナイズドスイミングダイエットといこう」

私は手をうった。シンクロナイズドスイミングなんてやったこともないし、出来るわけもないが、真似ごとをやってみよう。プールの中でぐるぐる踊ったり、足を上げたりすればいいんでしょ。

「でもハヤシさん、気をつけなきゃダメですよ」

私のパーソナルインストラクターは言った。

「水の中に入ると確かに脂肪を燃やすけど、その代わり出たとたんものすごくお腹が空きます。そのお腹の空き方っていうのはハンパじゃない。それでつい食べちゃうんですよね」

そういえば憶えがある。昔プールに通っていた頃、猛烈に食べて結局、プラスマイナスゼロという感じであった……。

こんな感じで細々とダイエットを続けているのであるが、ビジュアル系作家の私は取材スケジュールがいっぱい。今度『ａｎｅｇｏ』が文庫化されるので、ある女性誌で私の特集を組んでくれることになった。予定表を見たら、スタイリストの名前が。ひぇー、どうしよう。デブになってから一年、いつもスタイリストさんを断ってきた。

「私も服をいっぱい持ってるし、センスもあるし（？）大丈夫ですよん」

とか言ってたけど、単に着られないと恥ずかしいだけ。しかしどうしよう、借りてきたお洋服が入らなかったら、私、どうしたらいいんだ。そして心配していたのは私だけではなかった。久しぶりにテツオから電話がかかってきた。

「スタイリストの人から電話があって、最近のハヤシさん、太りましたか、どうですか、だって」

「それであなた、何て答えたの」

「わりとキテるような気がする、と言っておいた」

ムカッ！

そして昨日が撮影であった。スタジオに行くと、メイクルームにお洋服のラックが。ずらっと借りてきたお洋服が並んでいる。

ヒェーッと後ずさりする私。デブになると目端《めはし》が利くようになる。そこにあるものは、どうみても今の私のカラダが入るもんではない。

が、ヒェーッと叫びたくなったのは、私よりもスタイリストのマサエちゃんであろう。丁寧でやさしい彼女は、

「ハヤシさん、お太りになりましたか……」

とおずおずと聞く。プロの目は鋭く私のお腹まわりを見てた。とにかく着てみることになったが、ワンピースが上までいかない。ファスナーが上がらないという悲惨な事態に。

「ハヤシさん、このサイズ、昨年はするすると着られたんですよッ！」

それでもなんとかスカートはファスナーを下げたままで着て、ボタンがかからないジャケットの前で腕組んでごまかしたわ。

困ったのはスカートを脱ぐ時。マサエちゃんが力を入れてきちきちのものを下げていく。

「ハヤシさん、パンツ（下着の方ね）、しっかりと持っててくださいね。一緒に下がると困りますから、せぇーの」

デブになると服を着るのも脱ぐのも力仕事だって知ってた？

ビューティフル・トーキョー・ナイト

初夏が近づくにつれ、東京の新緑は濃くなり、イベントは多くなるし、もぉ、本当に楽しい季節。

仲よしのホリキさんから電話があった。

「ディオールの新作発表会があるから一緒に行きましょう。ふつうのホテルでやるパーティなら誘わないけど、今度のは面白そうよ。だって芝の増上寺でやるのよ」

「でも私、ディオールのものなんか何も持ってないし……。パンツ（下着）ぐらいかしら。だけどそれを見せるわけにもいかないしさぁ」

「大丈夫。マスコミの人が多いから、ばっちりディオールでキメてく人はいないはず。みんな仕事帰りだから、ラフな格好よ」

といっても、ファッションエディターたちというのは本当におしゃれだから、決して気を抜けません。決して抜けない、といってもたいした格好するわけじゃないけど。

その日私は、早い時間、バレリーナの吉田都ちゃんとごはんを食べていた。

吉田都ちゃんというのは、ご存知の人も多いと思うが、このあいだまで英国ロイヤルバレエ

団でプリマをしていたすんごい人だ。最近日本のKバレエカンパニー（熊川哲也さんがいるところですね）に籍を置いて、ロンドンと東京を行ったり来たりしている。対談をきっかけに、すっかり仲よくなったのだ。

一流のバレリーナというと、ストイックな感じの人が多いのであるが、この都ちゃんというのはまるっきりのアイドル顔。すんごいおしゃれで、お洋服もかわいい。ミュウミュウ風のワンピースやシューズを着こなしている。バレリーナだから、スタイルがいいのはあたり前であるが、見惚れるぐらい手脚が長い。それで筋肉りゅうりゅうという感じではないのだ。バレリーナはアスリートのような、ムキムキの筋肉をつけるわけにいかないので、ちゃんと考えているという。

そう、世界でいちばん美しい、しなやかなボディを持っているのがバレリーナ。そのトップのプリマとお友だちになれるなんて、本当に幸せ。

さて、その日私たちがごはんを食べたところは、芝の「うかい亭」。増上寺に近いところというので、彼女の方が選んでくれたのだ。「うかい亭」というのは、なかなか予約が出来ない人気店のひとつである。なにしろ東京タワーの真下に、巨大な庭園つき日本家屋が出現したのだ。ここは元ボウリング場だったというから、やたら広い。だから店の中をつっ切るのもひと苦労だ。

そして出てくるのはヘルシーな豆腐料理、窓からは林の緑と東京タワーという不思議な空間での食事が終わった頃、ケイタイを入れると、ホリキさんとこのページの担当ホッシーが迎えに来てくれた。会場の増上寺はライトアップされていて、赤く輝いている。受付を済ませると、私らは地下道を歩く。

「なんだか、お正月に行った長野善光寺を思い出すね」

と私。そう、あの時もお寺の地下道を歩いたんだっけ。

そしてたどりついたのは展示ブース。そこで新色の口紅を見て、上にあがるとそこはパリのルーブルの中庭みたいなパーティ会場だった。透明なテントの中、クリスタルな光のカウンターが続き、そこにはシャンパンが入ったグラスが……。まあ、なんておしゃれなんでしょう。

都ちゃんもものの珍し気に見てる。まだ日本に帰ってきたばかりなので、こういうところに来るのは初めてなんだそうだ。私もこういう華やかなところはめったに来ないから、見るもの聞くもの珍しいワ。外国人モデルもいっぱい来ていて、なんかビューティフル・トーキョー・ナイトという感じだなァ。

みんなに都ちゃんを紹介すると、

「わ、写真よりも可愛い」

と驚く。本当にこんなにキュートなバレリーナって珍しいかも。

「ハヤシさん、バレエってそんなに面白いんですか」

とホッシーが私に尋ねる。

「僕は生まれてこのかたいっぺんも観たことがありません」

「男の人だったらそうかもね。私もこの頃はあんまり行ってないけど、昔はよく観てたのよ。子どもの頃は習ってたしね」

ええっと驚くホッシー。そぉ、大昔、幼い頃の話ですから、今の体型にはなんら関係していない。

「バレリーナの肉体が、まるで奇跡のように美しい形をつくり出すの。そしていつのまにか、感嘆が芸術の深みを味わう感動に変わっていく……。そうよ、あなたもいっぺん観なきゃダメよ」

ということで、ホリキさんと三人、都ちゃんの来月の公演を観に行くことにした。

ここからも東京タワーが見えて、東京の夜は本当に綺麗。シャンパングラスを片手に、さわやかな夜風にあたっていると、本当に幸せだと思う。おいしいものも、おしゃれも、バレエもみーんなある街。どうか大地震が来ませんようにと、私は祈らずにはいられないのよ。

お古の行方

うちの駅前によく雑誌にも載っている、おいしい中華料理屋さんがある。そこに予約してと、よく友人に頼まれる。

昨日そこに行くため、うちから駅前に向かう道を歩いていた。七時近くなっていて、雨のためあたりは暗い。静かな住宅地なので、ほとんど人通りもない。そう、この角を曲がったところで、昨年私は引ったくりにあったのである！

と、向こうから若い可愛らしい女のコが傘をさし、ひとりとぼとぼ歩いてくる。その時、私の目を射るものがあった。マガジンハウスと書かれた紙袋である。ピーンときた。

「あ、うちに来るお使いさんだ！」

そう、原稿のやりとりはファックスで出来るが、マリコ画伯の描くイラストはそうはいかない。というわけで、いつも編集部からお使いさんがとりに来てくれるのである。バイク便の時もあるけれど、たいていがバイトの学生さんみたいですね。

私は声をかけた。

「アンアン編集部の方よね。私、ハヤシです」

彼女はびっくりした顔をしたが、そうですと頷《うなず》いた。

「私のうちに来てくださったんでしょう。この坂を上がって左側のうちです。いつも遅くてごめんなさいね」

い、いいえと言う彼女の手には、しっかりとコピーされた地図が。こんな時間、女のコをひとり歩かせてごめんなさいね、と後ろ姿に向かい、何度も謝る画伯であった。

さて、この頃再び洋服を買い始める私。おまけに誕生日プレゼントに、バッグを何個かいただき、わが家のクローゼットは完全にパンク状態である。

本屋に行って片づけ本を立ち読みしたら、書いてあることはどれも同じ。

「まず捨てること」

なんだそうだ。

私がおしゃれの師とあおぐ、仲よしのホリキさんは言う。

「ハヤシさん、古いバッグや靴は誰かにあげましょうよ。私もどんどん会社の若いコにあげてますよ。私たちみたいな仕事していると、昨年だってすぐわかるバッグは持ちにくいですよ」

が、彼女はブランドコーディネイトもすごい。シャネルのジャケットに、ドル・ガバのデニムスカートを組み合わせているのであるが、

「ああ、これ。三年前のシャネルですよ」

とこともなげに言う。どうやら捨てるものととっとくものとが完全に仕分けされているらし

いが、こんな高等テクニックは誰にでも出来るもんじゃない。

「おーし、捨てよう。捨てて捨てて捨てまくろう」

と私は決心した。といっても本当に捨てるわけじゃない。田舎の親戚にダンボールで送るのだ。

今回は洋服に加えてバッグも大量放出。四年前に買ったルイ・ヴィトン、桜の模様が可愛いけど、これはもう何年前のものか、すぐにわかってしまうはず。これは姪にあげましょう。ついでにプラダのスーツも。これはとても気に入っていたのだが、あまりにも着過ぎて生地がヘチャっとした感じになっている。ヘチャってわかるであろうか。そう、服全体が、「疲れたー、少し休ませて」と悲鳴をあげているという感じかしら。

もうシャネル、ヴァレンティノのスーツも、いつまでもハンガーにかけていても仕方ない。数年前のもので肩のパッドが、あきらかに時代の変化を告げている。といっても、こうしたビッグネームは、田舎では大歓迎されるはずだ。

「どうかあちらで幸せになってね」

と私は声をかけた。それにしてもこの細さを見よ。数年前は、このサイズがするっと入っていたのねと、思わず涙が出そうになった。

全く着用していないドル・ガバ、コム・デ・ギャルソンの服も何点か発見。これは、

「いつか着こなせる女になろう」

と決心して買ったものの、体重とパワーが追いつかなかったためだ。こういう上級レベルモード系の服を、姪や親戚の若いコにあげたつもりが、その母親たちが着ていてギョッとすることがある。なんといおうか、コンセプトを全く理解しないまま、生地がいいからとふつうに着ている彼女たちのパワーに最後は感心してしまうョ。

私がとても嬉しいのは、あげたものを素敵に着こなしてくれる場合である。二、三度使用した昨年の白いドル・ガバのバッグを、うちに来てくれるパーソナルトレーナーの女性に渡したところ、背が高くてスタイル抜群の彼女にぴったり。とても大切に使ってくれている。

「適材適所」という言葉を思い出した。ブランドのお洋服やバッグたちも、田舎に流れていくのはかわいそうかもしれない。出来るだけまわりにいる、若いキレイな人たちに使ってもらいたいと考えるようになった。が、これがとてもむずかしい。いま私のまわりにいる人たちは、私よりずっとおしゃれでスリムで、かつお金も持っている。

「お古くれてケチ！」と言われたらどうしようと、私はいまひとつ大胆になれないの。

股ズレ注意報！

先月のこと、某フレンチレストランの個室で、友人たちと食事をしていた。

料理を運ぶためにドアが開いて、人が行き来するのが見える。すると向こうから、俳優のようなハンサムな、背の高い男性が歩いてきた。

「ま、素敵な方……」

露骨な視線をおくる私。するとその方は、私を見てにっこりと微笑みかけるではないか。私は全く記憶がない……。しかし相手はやはりフレンドリィ。こ、これってどういうことかしらん。

食事を終えて帰る時、仲よしのマダムが彼を紹介してくれた。

「この方、日本一の金融マンなのよ」

外資の証券会社のえらい人で、何十億、何百億というお金を日常的に動かしている。そのために月のほとんどを海外で暮らしているそうだ。見るからにお金持ちそう。

「しかも独身なのよ」

夏、こういう風に歩く人がいたら、
たぶん股ズレです。

とマダム。ひぇー、大金持ちで独身（バツイチらしいが）、しかもハンサムなんて、ここまで揃った人を最近見たことがない。

「僕、ハヤシさんに一度お会いしているんですよ」

何でも地方でシンポジウムがあった時、友人に誘われて見に来てくれたそうだ。その後のパーティでも会ったというのであるが、こんな美形、私が見逃すとはおかしい。

「ぜひ、お食事を」

と叫んでいた私。

「今度、マダムとご一緒にお食事しませんか」

酔っていたこともあったけれども、かなり大胆に迫り、やや反省しかかった頃マダムから電話がかかってきたのである。

「あちらから電話があったのよ。ずうっとヨーロッパにいるけど、何とか時間を見つけて帰ってくるって。ハヤシさんの空いてる日を教えて頂戴」

ということで、三人であるがとにかくデイトの約束までこぎつけたのである。

私は張り切った。張り切って、鏡を見た。そして……。そう、デブがずっと直らないのである。

ここのところ体重の最高値を記録している私。つい先日のこと、貧困から脱した私は、青山のプラダショップに出かけた。いっぱいお洋服を買おうと思ったのだ。ところがサイズはひとつ上がっていた。プラダではおそらくいちばん上の数字であろう。こうなると選択肢は限られてくる。かわいいワンピースやスカートも私のサイズはないし、ニットを着るともっこりした肩のラインが出て、よけい太って見える。ま、何点か買ってきたけど、いちばん上のサイズになったという悲しみは、その後も私を襲った。

それどころではない。大変な事態が起こったのだ。暑くなったある日、股ズレを経験したのである！　よく人々から、

「股ズレって何？」

という質問を受けるが、恥をしのんでお答えしましょう。太ってしまった結果、太ももの内側がこすり合って、歩くたびに痛みを生むのだ。

こうなってくると、洋服が、美容が、といったレベルの話ではない。肥満のために歩行も困難になってくるのである。おまけにお腹のお肉もすごい。もうパンツ（下着の方です）にのっかってきた。

もちろん私は努力をした。お食事の予定が入っていない時は、夕食にコンニャクゼリーだけをちゅうちゅう吸い、ひもじさに耐えた。ふつうこれだけのことをしていれば、すぐに五百グラムぐらい減るのであるが、私の体重は微動だにしなくなっている。

私は悲しい。股ズレする女が、どうして男の人とデイトすることが出来ようか。

「ああ、この肉を脱ぎたい！　パンツみたいにズルッと脱ぎたい」

と私が言ったら、私も、と叫んだ人がいる。隣りのマンションに住む、仲よしの奥さんである。彼女は私よりもずっと若くてキレイだが、大柄でしっかりと肉がついているタイプ。彼女も下腹部のお肉をとりたくて仕方ないんだそうだ。

私の場合、三、四年痩せた時期があったので、このお腹のお肉のぷるぷるが我慢出来ない。そんなわけで、私はその奥さんと駅ナカのジムに通うことにした。

「ひとりだと絶対にくじけるけど、二人なら頑張れるよね。私たち、絶対に挫折はよそうね」

というわけで、二人でジムへ行き、オプションのプログラム「すっきりお腹」もしてきた。が、次の日、私は筋肉痛であちこちが痛い。股ズレと筋肉痛の二重苦。私は朝、メールを打った。

「今日はやめとこう。無理はよそうね」

今朝、ワイドショーを見ていたら、事件がらみですごいデブのおばさんが出てきた。髪もバサバサでしゃれっけがない。

「こういう努力を全くしないデブって、結構いるんだよなァ。君の場合は、一応努力してるデブだから、かなり違うよ」

と夫。これって誉め言葉のつもりらしい。むっとしたが、内緒のデイトを控えている私はぐっと耐える。そして嬉しいことが。筋肉痛がおさまったとたん、股ズレもなくなったのである。いい兆候があらわれ始めた。

運命の大スター

スターと呼ばれる人は何人もいるけれども、彼の場合はケタが違う。

ずうーっと何年も大スターをしてきた、超大物である。その方とこのあいだお食事をした。どうしてそんな幸運が舞い込んだのであろうか。

話は昨年にさかのぼる。四人でお酒を飲んでいたら、運命の男という話になった。この男と出会うために生まれてきた、という人のことである。

A子ちゃんが言った。

「私の場合は○○○だわ！」

高校生の頃から彼は仰ぎみる大スターだったけれども、本当に心を奪われた。ファンクラブに入り、追っかけもやり、記事を切り抜いた。彼が結婚した時は泣きに泣き、自殺まで考えたという。

「私の青春はあの人とともにあったのよ。あの人以上の男とはめぐり会わなかったから、私、離婚したんだと思うの」

何だか理屈に合わないことを言う。

そうしたら一緒に飲んでいたB子ちゃんが突然叫んだ。

「私、×××の社長をよく知ってる。ほら○○○って、×××のCMに出てるじゃない。もしかすると社長に頼んだら、会わせてもらえるかもしれないよ」

「B子ちゃん、何とかしてやりなよ」

既にかなり酔っていた私はB子ちゃんに怒鳴った。

「そこの社長に携帯ですぐ連絡してあげなよ。A子ちゃん、あんなに彼のこと好きなんだよ。何とか会わせてあげるっていうのが、友情っていうもんでしょ！」

私の剣幕に押されて、B子ちゃんは電話をかける。やがて先方が出たらしく、やたらペコペコしていた。

「すいませーん、こんな時間に。実はですね……」

その社長さんはとても親切な方で、仕事で京都に行っていた○○○のところへすぐ電話してくれた。こういう時、携帯って本当に便利ですね。

やがてB子ちゃんの携帯に、彼から連絡が。

「それじゃ、A子さんにかわりますね」

携帯を握りしめるA子ちゃん。頬は紅潮し、なんと涙ぐんでいるではないか。

「本当にファンだったんです……本当に好きだったんですぅ」

そして勇気をふり絞って、彼女はこう言ったのだ。

「一回でいいんです、会ってください」

そうしたら彼はあっさり言ったという。

「いいですよ、一回お食事しましょう」

そんなわけで、A子ちゃん、B子ちゃんと私、彼との四人で食事をすることになった。しかし気が進まない私。ミーハーな私であるが、大スターとお食事するというのは、かなり疲れるものだ。マネージャーとか付き人が付いてくるし、とても気を遣う。これが傍役《わきやく》専門の人とか、個性派といわれている人だと、こちらも気を遣わなくていいし話も面白い。が、大がつくスターというと、何といいましょうか、まるっきり気が休まらない。ものすごく緊張する。

しかし、その大スターとのお食事会は近づいてきた。なにしろ忙しい方なので、実現するまでに半年の時間を要したのである。

場所は六本木の和食屋さんになった。私はA子ちゃんに言う。

「あちらは大スターで、こちらはお呼びしている立場なんだから、当然ご馳走しなきゃいけないわよ。本来なら、あなたが払うとこなんだけど、高い店だから私も半分持ってあげる。それからワイン持ってきてね。持ち込みOKのとこだから。私も持ってくよ」

そしていよいよ当日。早めに行ったらB子ちゃんが来ていた。いろいろ仕切ってくれた彼女に感謝。

「今日、マネージャーさんから電話があって、○○○さんは明日、歌のお仕事があるのでお酒はいっさい召し上がらないそうです」

やっぱりプロは違うねぇと感心する私。やがてワインを持ったA子ちゃん登場。この日服がきまらず、五回着替えたそうだ。

○○○さんが来る前に私は言った。

「A子ちゃん、運命の男と会うんだよ。押して押して押しまくりなよ。こんなチャンスはめったにないよ。あっちもバツイチになってるんだから、頑張ってよ。私たち、いくらでも応援するからね」

そして○○○さんがいらした。ジャケットに白いシャツ。シャツからチェーンが見えるけど、彼の場合いやらしくない。実は私も本物におめにかかるのはほぼ初めてといっていい。十数年前パーティで紹介されたぐらいだ。驚いたことに彼はひとりでいらした。話は楽しいし、頭はいいし、何よりも性格がとても純粋なのがすぐわかった。本当にびっくり。何十年も大スターをやってる人がこんなにいい性格なんて。

きわめつきは食事の後。さっと立ち上がり、どこへ行くのかと思ったら、こっそり支払おうとされてるじゃないの。私ら女三人、感動した。働いている女だからこそ、こういう時、男の価値がわかるのよ。私たちは誓い合った、親衛隊になろうと。氷川きよしを追っかけるおばちゃんのようになろうと。まずは来月、コンサートへ行きます！

選ばれるオンナ

デブ脱出の悲願を込めて、毎日必死で頑張っている私である。筋肉痛が起こるぐらいトレーニングをし、食べ物だって小鳥のようにほんのちょっぴり。

「まずは本質を見極めなければ」

と、私はフィットしたトレーニングウエアで鏡の前に立つ。もちろんつらい。どうしてこんなに、お腹のまわりに肉がついているんだろう……。ウエストに、ドーナッツのようにお肉の輪がついている。

私はお腹のお肉を両の手でつかんで、静かにこの歌を歌う。

「想像してごらん、肉なんかまるでないお腹を。想像してごらん、だぶつかない二の腕を。想像してごらん、まっ平らなお腹を……（ジョン・レノン『イマジン』のイメージで）」

そんなある日、久しぶりで私は歌舞伎座へ行った。おめあては、（市川）海老蔵の与三郎と、（尾上）菊之助のお富である。歌舞伎を観ない人でも、

「いやさ、お富、久しぶりだなァ」

「しがねぇ恋の情けが仇《あだ》」

という有名なセリフを聞いたことがあると思う。

おちぶれた与三郎が、昔の恋人、お富に会ってゆするストーリーだ。与三郎は江戸の大店のお坊ちゃん。やくざの情婦のお富と恋仲になり、それがバレて大変なことになる。綺麗な顔や体を切り刻まれて、ガケから落とされるのだ。何年か後、実は生きていた与三郎はお富の前に姿を現す。人をゆすってお金をたかる小悪党に身を落として。

この与三郎を演じる海老蔵の美しいこと。手拭いを頭に巻き、柳の木の下に立つ姿の、水際立った男ぶり。拗《す》ねたように、小石を蹴っている姿が、なんともかわいく色っぽい。ぞくぞくするぐらい、いい男なのである。

「こういう男だったら、女は苦労しても仕方ないだろうなァ」

としみじみ思う。

ご存知のように、当代一のプレイボーイとなった海老サマ。美女から美女へと、次々と恋人が変わることで有名だ。

が、こんなに美しければ仕方ないかも。ハンサムはいくらでもいるけれども、色男という言葉がこんなに似合うのも海老サマだけ。

そして私はいつも考える。

「競争率の低い男に愛されるのと、誰もが欲しがる男とつき合って、いつもヤキモキするのと、どっちが幸せなんだろう」

七割ぐらいが前者を選ぶような気がする。自分の身のほどを知っているからだ。が、残りの三割の、自信に溢れた女たちは違うかもしれない。自分に似合った特上クラスの男を手に入れ、いろんな駆け引きを楽しむのであろう。そんな人生も楽しいだろうなァ。

ところで私が妹分として可愛がってきた、美少女A子ちゃんが結婚することになった。相手は、

「お父さまが会社をやっている人」

としか聞いていなかったが、いろんな情報が入ってきた。ものすごい大金持ちなんだそうだ。もともとお金持ちのお嬢さまで、めいっぱい贅沢に育ってきたA子ちゃん。美女に成長してからは、最高級の食事やワインを、おじさまたちがこぞってご馳走していたっけ。好きな時に京都やヨーロッパへ遊びに行っていた彼女にとって、お金持ちと結婚するというのは、

「あたり前過ぎるぐらいあたり前のこと」

だったのであろう。

私は美やお金について考えざるを得ない。美とかお金というのは、生まれつき持っている人にとっては、ものすごく自然なものである。あの方たちは空気を吸うように、自分の美や財力を楽しんでいるのだ。

美女は自分と釣り合う美男子と恋愛するか、あるいは顔の不足分はお金で充分おぎなえる男

性とつき合う。もっとシビアなのは美男子の方で、彼らは百パーセント美女とつき合う。超イケメンの男の人が、かなり難アリ、という女の人と恋をする、ということはまずあり得ない。女の方がコンプレックスを抱いて、まずすごいハンサムとはつき合わないからである。

よくふつうの女のコたちは夢を見る。あの俳優、あのタレントは、ある日偶然なことから自分に出会う。ちょっとした出来事があって、メルアドやケイタイ番号を教え合うのだ。そして二人はたちまち恋におちる。積極的なのは彼の方だ。

「僕のまわりには綺麗な女がいっぱいいるけど、みんな人形みたいだ。君みたいに、いきいきとして、性格のいいコは初めて見た」

と、ふつうのコのよさに目覚める……なんて妄想を、私は何度したことであろうか。が、そんなことはまずあり得ない、と私は断言してもいいです。あの世界の男の人にとっては女は美女があたり前、平均よりちょい上レベルなんか全く眼中にない。彼らにとって美女は空気みたいなもん。

こういう業界に入り込むただひとつの道は、女のコの方はうんとお金持ちか名門ということかしらん。海老サマから最後に選ばれる女の人は可哀想。

「結局はお金持ちのお嬢と結婚するんでしょう」

とみんなが予想しているからである。

二の腕横綱

今日はいよいよデイトの日である。

私は万端ぬかりなかったと思う。まず朝、家に来てくれるインストラクターによって、ストレッチとエクササイズ。もう何をやっても遅いけれども、とにかく頑張らなくっちゃ。

そして体操を早めに切り上げ、タクシーで原宿へ。いま話題の造顔マッサージの創始者、田中宥久子《ゆくこ》さんが、つい最近サロンをオープンした。そこで顔をあげてもらったのである。この頃の疲れからついうとうと……。しかし目をさますと、鏡の中にはピンと上にあがった張りのある私の顔があるではないか。田中先生が思いきり力を込めてマッサージをし、上へ上へとあげてくださったのである。

スッピンのまま、またタクシーに乗り都内の某ホテルへ。今日はここのスイートルームで、テレビのインタビューが行われるのである。このあいだジル・サンダーで買った真白なジャケットに黒い麻のスカート。靴はプラダのゴールドで、われながら素敵なコーディネイトだと思うわ。インナーは、これまたジル・サンダーで買った新品のカットソーを着た。これはノース

リーブで、ちょっと透きとおるストレッチのジャージー素材だ。お肉の波うっているのがはっきりとわかる。ノースリーブから出ている腕の太さときたら、体の横幅と同じぐらいだ。しかし上着を着るんだからどうということもないわね。

それにしても今夜のデイトはうまくいくはず。いつも寝グセのついた私の髪も、ヘアメイクさんがちゃんとやってくれたから、ピシッとブロウされている。お化粧も薄いけれども、プロの技でおめめがぱっちり見える。やや遅れて、和食屋さんへ行ったら、あちらはもうカウンターに座っていた。他の人はどうだか知らないけど、私は男の人とカウンターで食べるのがあまり好きじゃない。体の側面に自信がないからである。私の友人も言っていた。

「デブの女にとって、カウンターってつらいわ。フレンチのテーブルなんかだと、真正面からじっと相手を見て、たぶらかすっていうテがあるんだけど」

だけどあちらの指定だったので文句ひとつ言わず、その和食屋のカウンター席についた。このところまた太ったので、椅子が窮屈に感じるわ。

「元気だった？」

「久しぶり、乾杯」

このお店は日本酒が充実しているのであるが、まずはロマンティックに白ワインからいきましょう。

その人と会ったのは本当に久しぶりだったので話ははずみ、私はホホホと笑ったりする。その時だ。何か倒れる音。カウンターの向こうにいる若い板前さんが料理を出そうとして、ワインのグラスを倒したのである。

「あら」

「あ、すいません、すいません」

大騒ぎになった。私のジャケットには、白ワインのシミが水玉模様となってついた。

「ハヤシさん、手当てしますから、すぐに脱いでください」

「そうだよ、早く脱いだ方がいい」

連れの男性も言ったので、私は素直に脱ごうとした。その時、酔っていたこともあり、私はすっかり忘れていたのである！　自分の二の腕の太さ、わき腹の波打つ脂肪。特に二の腕の太さときたら、しつこいようだが体の横幅と同じである。

上着を脱ぎかけたとき、空気が私の腕に触れ、そしてやっと気づいた。

「あの、いいです。気にしないで。この上着、すぐにクリーニングに出すはずだったから構わないでください」

「いいえ、そんなわけにはいきません」

無理やり脱がされる私。そして私の二の腕とわき腹は、空気にも触れ、人の目にも触れた。

「わー、すごい！」

と彼は叫んだ。

「腕相撲、すっごく強そうだねぇー」

私は傷ついた。ものすごく傷ついた。いろいろと準備をし、時間切れでどうしようもならないぶっとい体は、うまくジャケットで隠したはずなのに、まさかこんなアクシデントが待っていたとは……。

「どうも肉塊を見せてすいませんねぇ……」

結局私は、一時間近く上着なしでカウンターで過ごしたのである。ああ無情……。

ところで毎朝七時半から、駅ナカのジムに通い始めたことはすでにお話ししたと思う。十時までの早朝会員で、会費は一ヶ月なんと五千五百円！　それなのに「すっきりお腹」「引き締め下半身」といったプログラムも充実していてとてもお得だ。

仲よしの隣りのマンションの奥さんと二人で通っているのだが、最初の日、トレーニングウエアになった私たちは、お互いに驚いた。あちらは顔が小さく、手脚がほっそりしているのに、お腹まわりはすごいのだ。そしてあちらも同じことを思ったみたい。

「ハヤシさんって、着やせするんですね……」

つまり私たち、弱みをしっかり握り合っているわけ。

その彼女に、二の腕を見られたことを言ったら「キャアー、ひどい！」と悲鳴をあげた。

「そんなひどいアクシデントがあったなんて、本当にかわいそう。わー、悲劇、サイテー」

ここまで言われるとかえって落ち込みます。

イケメンウィーク

日曜の午後、夫とテレビを見ていたら、私のケイタイが鳴った。某美形俳優A氏からであった。

「マリコさん、ミラノ・スカラ座バレエ、観に行かない？」

「行きたい、行きたい」

「今週の木曜日、空いてるかナ」

手帳を見たら、なんとすっぽりその日だけ空いてるではないか。

「それじゃ、十五分前に上野に来てね」

ケイタイを切った後、ヤッターと、ひとり踊り出す私。

「ヤッタ、ヤッター、Aさんとデイト、Aさんとバレエ……。ふたりでデイト、ホイホイホイ……」

何をやってるんだと、呆れかえって見ている夫である。

それにしても今週は、ハンサムな男の人とびっしりと予定が入っている。まず昨日の火曜日は、例の超大物アイドルB氏とお食事であった。以前の会食後にB氏からお電話をいただき、

「あんなに楽しかったことはない。ぜひ、またみんなでやりましょう」

ということになったのである。

「やっぱり私たちって、面白さバッグンなのね」

「そりゃ芸能界には美人は掃いて捨てるほどいるだろうけどさ、我々みたいに知性とユーモアを持っている女は少ないのよッ」

女三人はすっかり舞い上がって、指定のレストランへと向かったのである。四人でなんと四本のワインを空け、みんな前回よりもずっとリラックス。盛り上がって、私ら女三人は彼の歌をワンフレーズずつコーラスし、お店の人から、

「いいですねぇ、楽しそうですね」

と笑われる始末。超VIPのために個室にして本当によかった。

そして今夜は、時々私のエッセイにも出てくるリッチマンC氏。このあいだご飯を食べた時に、

「豪華客船でクルーズパーティがあるんですけど行きませんか」

とお誘いしたところ、

「いいですねー」

という話になったのである。なにかジャパネスクのものをひとつ身につける、という指定だったので私は着物にした。単衣の紬《つむぎ》の、そりゃあ素敵なものがあるのだ。着物の色っぽい私を

見て、C氏は何て思うかしら、ふふふ……。

　着物といえば、近々ビッグなパーティがあり、それに招待された。ブラックタイという指定である。そんなわけで昨日、イブニングドレスを取り出して着てみた。なんて言うといっぱいありそうであるが、八年前に買ったものと、五年前に買ったものがあるだけだ。それにしても、この頃の私はなんて細かったんだろうか。シャネルの店に飛び込みで行って、気に入ったドレスがすんなり入ったなんて、まるで夢みたい。たとえサイズが40でも、売ってるものが即買えた。

　それなのに今の私は、ファスナーが上がらない。が、とりあえず着てみることにした。黒いオーガンジーの、美しいドレスは、マーメイドラインというのかしら、体に沿ったかたち。ところどころ透けて、なんて綺麗なの。

　しかし、秘書ハタケヤマは言った。

「ハヤシさん、すっごく太って見える。まるで巨大な黒い鯉《こい》みたい」

　ひどい。人魚が鯉になったってわけか。そんなわけでパーティは着物にすることにした。その大パーティの練習を兼ねて、今日も着物でいいかもね。

　などと思っていたら、主催者側の友人からメールが入った。

「今日は着物の人が多いみたい。六本木の〇〇の方々もいらっしゃいますよ」

　私も一度だけ行ったことがあるが、六本木の〇〇というのは、高級オカマバーである。そうかァ、オカマさんが着物で大挙して押し寄せるのかァ……。

着物を着ようかどうしようか、今、悩んでいる最中である。

ところで話が前後するが、昨日大変なことが発覚した。ハタケヤマが私のスケジュール帳を見て怒った。

「木曜日何も入れないでって言ったの、ハヤシさんでしょう。お手伝いさんが休むからって」

ああ、そうだった。留守番の人がいなくなる。私は他の人を何人かあたったのであるが、その日は誰もいなかった。

「仕方ないわ。私が家にいなきゃ。バレエを断るわ。急で悪いけど、Aさんだったらいくらでも相手はいるでしょう」

その時、夫が言った。

「仕方ない。僕が家に早く帰ってやるよ」

「ええー、本当⁉」

「仕方ないだろ。あんな踊りを見せられちゃ……」

ふだんはヤな男だと思っていたが、やさしいところがあるじゃんと、私は夫を見直した。こんな巨大な鯉みたいな妻を愛してくれるしさ。

いい男と会うイケメンウィークは、はからずも夫のよさをひき出してくれたのである。めでたし、めでたし。

大足族の悲哀

夏は私ら大足族の女にとって、本当につらい季節だ。
サンダルやミュールは細身に出来ていて、きつくてたまらない。おまけに素足に履くので、足への負担もずっと大きいのだ。痛さもひととおりではない。

ご存知のように、私は靴が大好きなので、シーズン前にまとめ買いする。よせばいいのにシルバーのウェッジソールとか、白い編み込みとかね。ところが不思議なことに、いざ履こうとすると、まるっきり入らないのだ。狭い面積のところにずっと大きいものを無理やり入れると、何でもそうなるように、足の甲は斜めになってしまう。でも入らない。

「いったい、どうしたんだろう……」

キツネにつままれた気分、っていうのはこういうのを言うんじゃないかしら。

「お店では確かに履けたのよ。ちゃんと歩いたけど、どうってこともなかったんだから」

「じゃ、その時は、ハヤシさんの足が今より小さかったんでしょう」

と、めんどうくさげに答えるハタケヤマ。これは聞いた話であるが、お店で試しに履く時は、

緊張しているのと、いいとこ見せようと足も思うらしく、きゅっと縮まるそうだ。

それで仕方なく、今年買った靴はひとまず置いといて、昨日のものを履くことにした。ところがそれもきついではないか！

「いったいどういうことなのッ、どうしてこんなにきついのよ」

またもやハタケヤマがひと言、

「ハヤシさんが太ったんでしょう。太ると靴もきつくなりますからね」

口惜しいと思っても、きついものはきつい。それでラクチンなフラットシューズばっかり履くようになった。おまけに同じものばっかり履くから、哀れ靴は、すぐに横に拡がってしまう。大足族の女の悩みはそこだ。横に拡がった靴は、履いていてもブスだが、脱いでもすごくブスになる……。

つい先日、雨の日の会食があった。ホテルの中の料理屋さんだったので、ふだんだったらかなりおしゃれをしていくのだが、生憎《あいにく》とその前にかなり歩きまわる。よって引退間際のボロッちいやつにした。

ところが、食事はお座敷だったのだ。男性の靴に交じって、本来なら華やかできゃしゃな女の靴が可愛く目立つはずなのに、私のパンプスときたら、白く塩吹いてる横に拡がったやつ。

しかも食事が終わった後、某ナイスミドルの男性が最初に靴を履こうとして、何を思ったのか、私の幅広塩吹き靴を揃えてくれたではないか。恥ずかしさのあまり、顔から塩じゃなくて火を噴きそう。

何年か前に、京都のお寺に男性と一緒に行ったと思っていただきたい。夏のことだったのでプラダのサンダルを履いていた。このサイズはものすごい。大足族にはふた通りあって、タテが長い女と横が長い女とがいる。後者は俗に〃甲高ダン広〃というタイプで、私はこの典型だ。よって幅がない夏のサンダルは、いつもよりもワンサイズ大きくなる。いくら可愛いデザインのプラダのサンダルでも、39だとやっぱり大きい。ワラジみたいになる。たたきの上ですごく目立った。

私はこのサンダルを男の人に見られたくないため、すごく努力した。靴を脱ぐ時は彼よりも遅くし、履く時は他の人をつきとばすようにして玄関に急いだ。ひたすら脱いだサンダルを見られまいとしたのだ。ところが廻廊を歩いている時、ふとふり返ってびっくり! 彼が、自分の靴と私のサンダルとを、ふたつ手にとってぶらぶらさせてるではないか。

「こっちから出られるっていうから、靴を持ってきたよ」

思わずわーんと泣きたくなった。

さて、昨日のこと、久しぶりに新宿へ行った。私のエリアは青山や表参道、六本木で、このところ新宿にはあまり足を踏み入れていない。よって伊勢丹に行ったのも久しぶりだ。

やあ、びっくりしたの何のって。改装してすごくなったって聞いていたけれども、これほどまでとは思わなかった。

一階フロアの靴売り場に立った人は、誰でも声を失うであろう。ここは世界中から靴が集まっている。す、すごい、すご過ぎる。が、われら大足族に合うものがあるだろうか。

男性の店員はもちろん避けて、やさしそうな女性に声をかけた。

「これ、ちょっとサイズありますか」

驚いたことに、ちゃんと持ってきてくれたのである。ミュウミュウのサンダルを。

私は感動した。この膨大な靴すべてが、私のサイズまで揃えてあるのか！　倉庫はいったいどうなっているんだ。どっかのワンフロアすべてが倉庫じゃないだろうか。

私は図にのって、白いマノロも指さした。

「これも大きいサイズありますか？」

店員さんは親切に調べてくれた。

「申しわけございません。いまのところ、おつくり置きしてございません」

やっぱりね……。あたりを見わたす。平日の昼間は、おしゃれな女のコでいっぱい。みーんなナマ脚に、そりゃあ可愛いサンダルを履いてる。それもみんな高いヒール。

夏はとてもあの人たちにかなわんと、横に拡がったフラットを履いた、大足族の私はひたすらうつむくのであった。

ハデ婚のススメ

（藤原）紀香の結婚は、思っていた以上に人々にインパクトを与えたようだ。

なんかツッコミを入れたい、話のネタにと、最初意地悪な目で見ていた若い友人たちも、紀香サンのあまりにも幸福そうな姿と、美しい花嫁姿に心を動かされたようだ。

「結婚したい、結婚したい」

という声をあちこちで聞くようになった。

このところ私のまわりでも、結婚する人がすごく多い。それも〝負け犬〟の代表といわれている女性編集者たちだ。彼女たちは仕事がすごく面白いし、お給料もいいしと、結婚しない人がすごく多かった。私の世代だとほとんど独身だ。

ところがここのところ、みんな若いうちにやたらする。それも大学時代からつき合っていた恋人とだ。

「あんまり深くものごとを考えると、出来なくなってしまうから」

だそうだ。この他、三十代後半駆け込み結婚も増えているが、この場合ほとんどが〝できちゃった婚〟である。二重の喜びでみんなとても幸せそう。

このあたりはほっといてもうまくいってるからいいけど、可哀想なのはなんとはなしに、三十代半ばに突入した人たちであろうか。仕事も頑張って、恋人とすったもんだしているうちに、気がついたらひとり、というケースだ。不倫している女性もこの中に入る。

私は不倫をしている人たちに、いつも言っていることがある。

ひとつ、男の人は絶対に奥さんと別れませんよ。日本の男は、なかなか家庭を捨てられない。略奪結婚というレアな特別例を信じちゃダメ。

ふたつ、いつまでもだらだらとつき合ってちゃよくないよ。私、四十過ぎても不倫している女の人何人も知ってるけど、全然幸せそうじゃない。ただのフケたおばさんになってるよ。キリのいい時、頭のいい女は見切りをつけてパッと別れてるわよ。

とはいうものの、あんまり頭のいい女もちょっと好きになれない。この業界、かなり有名な不倫してたくせに、その相手とパッと別れ、すぐに結婚、出産というコースをとる女性が何人もいる。ああいう風に切り替えが早い女というのはかなりシラケるかも。

つい先日、とあるパーティがあった。その時、ちょっといかす中年紳士と名刺交換をしたのであるが、彼の名前と肩書きを見て、ハハァーンときた。私の友人とついこのあいだまで不倫をしてた人じゃないの。

「私、○○ちゃんと仲よしなんです」

酔っていたこともあり、つい口を滑らせる私。まぁ、大っぴらな不倫だったから、このくらいいいかもね。

「そうですか、彼女、元気にしてますか」

遠い目をする男性。あわてず騒がず大人の対応。なかなかいい男だ。

「もちろん、すっごく元気にしてますよ」

が、イジワルな私はその夜のうちにメールを打った。

「今日、あなたの元カレに会ったよ。すっごくいい男じゃん」

すぐに返事が。

「私、すごくショック。いっそのことハゲになってくれればよかったのに」

そうかァ、別れた男がずうっとカッコいいってつらいことなのね。

ま、不倫というのは幸せな結婚への道すがら、ふと立ち寄る観光地のようなもの。いっぺん見とけば、後々まで話のネタになるはず。

ところで、最近できちゃった婚やジミ婚ばっかりで、披露宴に招かれることがぐっと少なくなった。二人きりでハワイで挙式したりしてつまらない。だからこそ、紀香と陣内（智則）さんの久しぶりのハデ婚に、日本中がわいたのであろう。

そして、私のところへ最近、二通の招待状が。この秋行われる二つの披露宴である。ひとつはジャーン、神田うのちゃんからである。おしゃれでイベント好きの彼女のことだから、きっとものすごく華やかで素敵な披露宴になることであろう。本当に楽しみ。

そしてもうひとつは、私の妹分として可愛がってきたあくらちゃんから。元タカラジェンヌの、輝くような美少女、あくらもついに花嫁になるのである。

「どんなにウエディングドレス姿が綺麗かしら。きっとすごいと思うわ」

と電話で私が興奮したら、ふふっと笑っていたっけ。色が真白で、目がとんでもなく大きくて、まるで中原淳一さんのさし絵から抜け出してきたようなあくらちゃんに、真白いウエディングドレスはどんなに似合うかしら。

そう、私にもあんな日があった。結婚式の日、ウエディングドレスを着てた私は、ぷんぷんしてた。少しもうれしくない、トシマの結婚ゆえに、自分でもウエディングドレスを着るのがなんだか恥ずかしく、イヤになってきたのである。挙式前のデリケートな気分、ウエディングブルーっていうやつですね。そうしたら、花婿になる男の人が、私を見て心からうれしそうに叫んだのである。

「わー、僕はこんな綺麗な人と結婚するんだ！」

あん時のあのひと言があるから、その後のイヤなことも許してやってる。我慢してやってる。

みんなやっぱりジミ婚はやめて、ウエディングドレスを着ましょう。

アンバランス！

このページの長年の読者なら、きっと知っているはず。そお、
ダイエットに関して私が、

「オール・オア・ナッシング」

ということを。

一心不乱に毎日やり、そして力尽きてバタッとやめ、後は食べ放題、リバウンドし放題という状態。

さて仲よくなった隣りのマンションの奥さんと、駅ナカのジムに通っている私。この頃はそこへ行って汗をかかないと気持ち悪くなり、なんと毎日通っているのである。二十分間ウォーキングマシーンをやり、後は「引き締め下半身」「すっきりお腹」といったプログラムをみっちりやり、その後はマシーンを七種類。最後はダンベルを使って二の腕を引き締める。そお、ノースリーブのワンピースを着る、というのが私の悲願なのである。

ダンベルを終えると九時半。なんと二時間毎日みっちりトレーニングしていることになる。これで引き締まらなきゃウソなんだけど、ここに思わぬ落とし穴があった。隣りのマンション

の奥さん、仮にR子さんとするが、彼女は実に私に似ているのだ。

ジムの帰り、彼女は私に言う。

「ねぇ、モーニングサービスを食べましょう」

「ドーナッツ屋さんへ寄ってお茶しない？」

このあいだは開店したばかりのデパ地下へ行き、イートインであんみつを食べた後、卵かけご飯も食べた。

さすがに私は反省し、彼女に言った。

「ねぇ、こんだけトレーニングを毎日やってるんだから、食べるものも制限しようよ。そうしたら私たち、たちまち痩せると思うよ」

「そんなのイヤ」

R子さんは言った。

「だって食べるものもセーブしたら、運動が本当につらいものになるじゃないですか。私が毎日ジムを楽しく続けられるのも、この後おいしいものを食べられるからですよ」

なるほどと思う私。そしてつい食べてしまうのですね。おかげで体重はちっとも減らない。それどころか増えている。

さて、最近美容研究家の田中宥久子さんが大ブレイクしている。テレビや雑誌にひっぱりだこだ。小顔になる造顔マッサージのＤＶＤはずうっとベストセラーをキープしている。

私は一年前から、田中さんにずうっと顔のマッサージをしていただいている。それまではアトリエにうかがっていたのだが、最近、原宿に素敵なサロンが出来たのでそこへ行く。今や、日本全国垂涎《すいぜん》の的になっている、田中先生自らのマッサージ。私の友人たちは、

「うらやましい、ズルい」

と言っているけど仕方ない。ずっと前からのおつき合いなんだもの。心を込めてぐぐーっと顔を上げてくださる先生。ものすごい力である。全身を使うので汗びっしょりになるという。

ほっぺを持ち上げ、中央に寄せ思いきり引き上げ、リンパに流す。このマッサージは、すごい力が加わるため、切ったり貼ったり、整形をしている人は無理だそうです。そのくらい力を入れる。

おかげで私の顔はスッキリ小顔。会う人ごとに言われる。

「どうして皺《しわ》がないの。法令線もないの。顎もスッキリしてきたの⁉」

確かに写真を撮ると、バッチリきまる。このあいだも読者から有難いお手紙が。

「ハヤシさん、いつもアンアンで太った、太った、って言ってるけど、○○○のグラビアを見たら、そんなことありませんでした。すごくすっきりしてましたよ」

そうなのだ。体重は相変わらず増加しているのであるが、顔は田中先生のおかげで小顔一直線。おかげでかなりアンバランスになっている。

何かの証明写真で顔だけ撮ると、まあふつうサイズの顔が写ってる。小さい、といってもいいぐらい。が、全身写真となると、そこにはデブのおばさんが……。

話が変わるようであるが、つい先週、パーティでいま大人気の速水もこみちさんに会った。驚いた。信じられないぐらい背が高い！　テレビに出る男の人というのは、案外背が低いものである。それなのに速水さんは私の鼻ぐらいまで脚がある。長い長い脚、そしてそのてっぺんに、これまた信じられないぐらい小さな綺麗な顔。ニコニコして礼儀正しく、私はいっぺんで好きになっちゃったけど、それにしても何という脚の長さ、顔の小ささなんだろう。

同じ日本人なのに、こんな北欧人みたいな体型の人がいるんですね。まるで私の悩みをあざ笑うかのような、すらりとしたカッコよさなのである。

世の中って、本当に恵まれた人っているんですね。米倉涼子さんのエステのCMを見ても、ため息をつく私。

私はそんなにだいそれたことは考えていない。せめてノースリーブのワンピを着たい。ただそれだけなの。実はもう買ってお取り置きしてもらってる。痩せたら引き取りに行こうと思ってるうちに、もう夏まっ盛りじゃん。

影のある女

私の知っている睫毛《まつげ》美人といえば、何といっても君島十和子さんとあくらちゃんであろう。

十和子さんに関しては、みんなよくご存知だと思う。「十和子睫毛になる」なんていう特集が組まれてるぐらいだ。が、本物はもっとすごい。近くでお話ししていると「造形の美」に心がうたれる。陶器のような白い肌に、睫毛が影をつくる。その美しさといったら……。

あくらも十和子さんといい勝負だ。このあいだ久しぶりに会ったら、結婚が決まったこともあり、ますます綺麗になっていた。やっぱり睫毛が深く濃い影をつくる。ほんのりピンクの水蜜桃のような頬に、長～い長～い影が出来、私はうっとりしてしまった。

女でもこんなにうっとりするんだから、男の人ならどんな気分になるんだろうか。まばたきするたびに、影が一緒に揺れるんだけど、あれって女性美の極致っていう気がする。が、この影、不思議なことに隣りにいる女性（一般人）には出来ない。もちろん私にも出来ない。人間、睫毛があれば影が出来るってもんじゃない。どうしてだろうかと鏡でいろいろ観察した結果、

こんなことがわかった。

まず睫毛の影が出来るには、そのような骨格でなければ駄目。私のような凸凹のない平べったい顔だと、当然影が出来づらい。影が出来る人は、美しいプロフィールを持つ隆起の大きい顔じゃないとね。それから影を映し出す、スクリーンの役目をする肌も大切な要素。肌目《きめ》細かくないと、影が出来ないんですね。

ああ、私もゆらゆら揺れる睫毛の影が欲しい。このところトシのせいか、睫毛がめっきり薄く力なくなったような気がするの。そんなわけで、近くのサロンへ行った。ここは小さいところで、ネイル専門だと思っていたのだが、睫毛パーマもやってくれるという。

「お願いしますよ。このところマスカラでやっても、ちっとも立ってくれないんですよ」

と言ったところ、

「お客さまの睫毛は、濃くて長いから重いんですよ」

とうれしいことを言ってくれるではないか。確かに濃い、と言われたことはあるけれども、影が出来ない睫毛である。

そんなわけでパーマをかけたところ、これが大正解。睫毛がぴーんとなったせいで、朝もほとんど化粧がいらないくらい。パッパッと眉かいて口紅をさせば、所要時間一分で済んでしまう。

それならば、前からやってみたくてたまらなかった、睫毛のエクステンションをやることにしようと心に決めた。量を増やせば、影が出来るかもしれない。

そろそろパーマと一緒に予約をしようと思っていた時、街でばったり友人と会った。彼女は私と同じぐらいの年である。が、おめめがおミズっぽいというか、やけに派手なのだ。

「エクステンション、やってるでしょう」

「そう、わかった？」

彼女には悪いが、なんか目だけが目立っていた。やっぱりエクステンション、どうしようかなァと迷い始めた私である。

このあいだ、美人で有名な女のコと、新幹線で一緒に帰る機会があった。隣りに座ってあれこれ話してると、肌のキメも化粧のうまさもすごくよくわかる。彼女は前に言った二人ほどじゃないが、やっぱり睫毛が長い。それからアイラインを巧みに入れているので、間近で見ると、やっぱり睫毛が目立つ。彼女の場合は上から見られることも意識していて、睫毛の上の方もちゃんとマスカラを塗っているではないか。私はつくづく思う。

美人は本当にディテールにこだわるんだわ。しかし惜しいかな、彼女はちょっと色黒のため、やっぱり睫毛の影は出来ないのである。

ふーむ。目をパッチリ見せるテクも、睫毛を長く濃く見せるテクも、多くの人が知っている。が、そうかといって影が出来るもんじゃない。こうしてみると、影というのは偶発的に出来る、奇跡のようなもんじゃなかろうか。そう、やっぱり影のある女ってモテるんだよなァ。

ところで全然話が変わるが、私の友だちでやたらモテる女がいる。たいていの男の人が、一緒に新幹線に乗るとぽーっとなってしまうそうだ。なぜ新幹線か。ここがミソ。

「彼女って、新幹線で隣りに座ると、ずうっとぼくの膝に手を置いて、顔を下からこうして見上げて話すんだ。おかげで東京駅から大阪まで、何を話したんだか全く憶えていない」

美人でもないし、オバさんなのに、そんなことぐらいでモテるのかと、私は信じられなかった。

ところがつい最近、一緒に京都へ行ったところ、彼女ってば私の膝に自分の手をずっと置くじゃないか。いつもの癖が出て、女でもついしてしまうみたい。おかげで彼女の顔を間近で見たが、シワがあった。もちろん睫毛の影などあるはずもない。こんなレベルでも膝に手の威力はすごいのかと、私はなんだか腹が立ってきたのである。

ザ・メタボリックス

真夏の夜、ものすごくお派手なパーティに出かけた。

「最近の東京で、いちばんすごい催し」

と言われているやつであった。

ドンペリがばんばん抜かれ、クラブミュージックが流れて、ものすごい数のゲスト。もう歩くのがやっとで、何が何だかよくわからない。が、その中にあってひときわ目立つ人たちがいた。そお、モデルの方々の一団である。

キレイなんてもんじゃない。神さまがエコヒイキして、特別に念入りにつくったという感じであろうか。信じられないぐらいの小顔で、大きな目、形いい唇。そして脚の長さときたら、もう、同じ人種とは思えない、というよりも、同じ人類とは思えないのである。私、近寄ってナマ脚をよーく後ろから観察した。すると私のように、蚊にさされた跡とか、何かをひっかいた小さい傷とか全くない。みんな裸みたいなドレス……。中にはホットパンツの人もいる。もう！　すごいです。後光がさしている。女も近づけないけれど、男も近づけないだろうと思っていたら、親し気に話しかける男の人がいてびっくりした。それもふつうの男ではないか、いったいどういう人なのか。お金持ちなのか、有名人なのか。ああ、私は本当に知りたい！　このクラスの美女って、いったいどんなことを考え、どんな会話をかわしているのか。男をナメてんのは本当か。どんな基準で男の人を選んでるのか。二人きりの時も、女王さまでいられるのか。

あーあ、三日間だけでいいから、モデル（一流のね）のような顔と姿を持ち、生きてみたい。男の人に対して、うんとえらそうなことを言い、何かおねだりしてみたい。口説かれたら、「ふん」とか言ってはねつけてみたい。一度でいいからさ。

その夢がかなったのか、私は昨日モデルになった！　私の所属している文化人の団体が、地方でオープンカレッジ、四十コマのシンポジウムを開くことになり、その告知CMをつくったのだ。

といっても、予算がないために衣装は自前。私とサエグサシゲアキ幹事長は、漫才師のコンビに扮するのだ。なぜ漫才師かというと、オープンカレッジのテーマが「笑い」となっているからだと。企画の秋元康さんが配役も決め、コピーも考えた。サエグサさんと私は、

「僕ら、ザ・メタボリックス！」

と叫ぶんだと。あんまりじゃないか。が、いち地方に流れるだけだし、切符の売り上げのためには仕方ないと、私はしぶしぶ承知した。

サエグサさんは、どこからか借りてきた青いラメのジャケットを着た。

「ハヤシさんは自前のイブニングドレスで」

大助花子の、花子さんのイメージでということらしい。一応シャネルの黒のドレスと、ハナヱ・モリの赤いドレスを持っていったら、赤の方になった。パリのルーブル宮での晩さん会に招待された時、オートクチュールでつくったものだ。それが漫才の衣装になろうとはー。森先生すいません。

やがてメイクも終わり、CM撮りとスチール撮りが行われた。

「僕ら、ザ・メタボリックス！」

全く何が悲しくて、こんなことを言わなきゃいけないのか。秋元さん、恨んでやるよ。

ビデオを見る。さすがハナヱ・モリ、真赤な極上のサテンはすごく品がよくて、輝き、とても漫才には見えません。が、私のお腹もぽっこり輝いていて、「メタボリックス」と言われても仕方ないかも。

ところで私は、さっきから地下のスタジオが気になって仕方ない。「オーディション入り口」と書かれ、外国人女性や、若い女のコが次々と降りていく。

撮影が終わり、真赤なドレスを着た私は、裾をからげたまま一階のスタジオから外階段を上がろうとした。そしてずっと気になっていたことを、入り口に立っていた男の人に尋ねた。

「これ、何のオーディションですか？」

彼は不思議そうに私に問うた。

「あなた、モデルさんですか？」

モデル、モデルって聞かれた！　キャーうれしい。思わずとびあがる私。え、あまりにもレベルが低い話だと。すいません……。

では最高レベルの米倉涼子さんぐらいの美女だと、いったいどんなことを考えるのかと、私は海老蔵がケガをしたニュースを見ながら、考えるのだ。①元カレだけど、もう別れたからほっとく。②元カレだから、電話で元気づけてやる。いったいどっちだ。このあいだも友人と、

「そうとっ替えしてくれるとしたら、誰ととり替えたいか」

というテーマを、熱心に討議していたら、ダントツ一位が米倉さんだったのである。

そうしたら今日、うちの前に大きなトラックが止まった。静かな住宅地なのに、すぐ角でロケが始まったのだ。即、立っている人に聞いたら、ドラマ「肩ごしの恋人」だって。

「わー、米倉涼子が見られるー」

と、即、駆け出していった私。実物見たって、どうにもなるもんじゃない。わかっているけど何か悪い⁉

断食道場リターンズ

お派手なパーティが続いた夏のトーキョー。が、秋にはもっと華やかなイベントが待っている。

今、いちばん人々の噂になっているイベントといえば、神田うのちゃんの披露宴であろう。

「呼ぶ人が多過ぎて、なかなかホテルが決まらなかったんだって」

「中でファッションショーもあるみたい」

「引き出ものがものすごく豪華なんだってよ」

「披露宴に来たい人がいっぱいいて、ウエイティングリストがあるんだって」

そしてこういう声も多かった。

「結婚決まってから、うのちゃん、ますます綺麗になったね」

このあいだ、ドンペリがいっぱい抜かれた、すごく素敵なパーティに出たのは既にお話ししたと思う。ものすごい人で、もう歩くのもやっと。人の流れに沿って、必死で歩いた。なぜ歩いていたのかというと、知り合いに会おうと思ったからだ。こういうお派手なパーティだと、

知ってる人がほとんどいない。モデルの人とか芸能人がいっぱいいるので、そういう方々を見ている、というテもあるが、ずっと見物人、というのも淋しいものだ。やっぱり知り合いに会いたい。そしてこういう大人数のパーティだと、知り合いがとても貴重だ。

「やっとめぐりあった」

という感じで、ギュッと抱き合いたくなる。そんなわけで私はずんずん歩く。まさに「人の中の人探し」。ま、パーティってこんなものなんでしょうけど。

そうしたら、いちばん奥のテーブルに、ひときわ目立つ美女が。うのちゃんであった。噂は本当。結婚に向けて、美しさが加速度を増しているという感じ。小さな小さな陶器でつくったような顔。その顔の中に、大きな吸い込まれそうな目がある。肌の美しさときたらもう完璧といっていいぐらい。

両側には当然、従う男性がふたりいて、左側のコは、うのちゃんのピンクのバーキンを持っているではないか。もうじき人の奥さんになるというのに、相変わらずお姫さまのうのちゃんであった。まわりの男のコみんなが憧れ、恋こがれたお姫さまを自分ひとりのものに出来るなんて、全くなんて幸せな旦那さまだろう。

うのちゃんは、私を見つけて立ち上がった。いつも礼儀正しいコである。

「マリコさん、私の披露宴、出てくださるんでしょう」

「もちろん、すっごく楽しみにしているのよ。私だけじゃないわ。みんなすっごく今から楽しみにしているのよ」

「マリコさん、うんとおしゃれしてきてねッ」

「わかってるわ。来週から断食道場へ行くしさ」

そうなのだ。ダイエットに挫折し、この頃は居直って食べ続けている私。

「もう食欲しかないんだから、ちょっと食べたっていいじゃないの」

が、反省する日々が来た。

それはどういう時に起こるかというと、ウインドウに自分の姿がちらっと見えた時。特に羽田なんか最悪だ。一階がずうっと鏡になっているため、歩く姿がイヤでも目に入ってくる。あとは列車の中の、暗い照明のトイレの鏡。ものすごいデブでブスに見えません？　もうイヤ、こんな私、と思ってもついお菓子に手を出し、ワインを飲む。ぐーたらマリコ。が、リセットする日が近づいてきた。そお、私は来週五日間、道場に入ることになっているのである。口にするものといったら、一日たった三杯のニンジンジュースだけ。が、デトックスにもなって、とてもよいと評判である。

ひとりだと淋しいので、親戚のK子を誘った。彼女は学校でたての若いコ。性格もいいし顔もかわいいのだが、ぽっちゃり系なのが悩みのタネだ。

私はK子に言った。

「いい、今度の五日間で私たちは人生を変えるからね」

いくらひもじくつらいといっても、ベッドにごろごろしていたら、体重は落ちることはない。だるくてもつらくても、運動に励む。たいていの人が散歩をしていて、この道場というよりも病院のまわりは、いつも幽鬼のようにふらふらと歩いている人を見るとか。

みんな「少しでも痩せたい」という思いで必死なのだ。確か三年前、私は四日間で五キロ近く痩せたような記憶がある。

「今回は六キロだよ。絶対に六キロ痩せるからね」

と、私はみんなに公言しているのである。

というわけで、来週はそこに行ってます。病院から原稿送るつもりだけど、もしかすると判読不可能なファックスが届くかもしれない。

食べない、ということは本当につらいことで、ただでさえよくない頭が、ますますひどくなってモーローとしてくるのだ。次回ここの原稿がのらなくってもゴメンね。先に言っときます。

お派手な現場

明日から断食道場へ入るのでそこから原稿を送ろうと思ったが、それでは間に合わないという。全く出版社の人ときたら、信じられないような額のボーナスもらって、いち早く二週間ぐらいの休暇取るからさ、いつもこの時期原稿をせっつかれてさァ……。ぶつぶつ……。

なんて文句を言うわりには、昨日おとといと一泊の京都旅行に行ってきた私。断食道場に入る前に、おいしいものをどっさりと食べようという計画である。

この頃まわりの話を聞くと、お金持ちの男の人は、みーんな京都に遊びに行っているみたい。東京だとキャバクラも一流クラブも行き尽くした人が、次に通うのは京都のようだ。私の友人はまだ若いが、お茶屋遊びにハマって、週末ともなると行くみたい。

「女の人はみんな水商売のプロ、っていう感じでいいよねぇ。そこいくと東京のおミズはシロウトくさいのが多くてつまらない」

んだそうだ。

京都の街を歩いていると、必ずといっていいぐらい花街の女性とすれ違う。お座敷に出る時

と違って、ふだん着の着物にほとんど素顔だけれども、その姿はドキッとするぐらい綺麗。「京《みやこ》の水に洗われる」という言葉を聞いたことがあるが、京都ではそれが本当に生きている。舞妓ちゃんにしても、生粋の京都のコなどあまりいないに違いない。かなりの数が舞妓ちゃんに憧れる地方のコたちだ。が、ふつうの女子高校生も半年ぐらいたつと、信じられないような美人になる。京都の花街の女性たちは、「シンプル・イズ・ベスト」。美しい肌に薄いがメリハリのある化粧。髪はすっきり結い上げて隙ひとつない。

が、今回はあまりこのテの女性と会わず、目に入るのは浴衣姿の女のコばかり。やたらぞろぞろ歩いてる。みんなまあ、それなりに可愛いのであるが、なんかあかぬけない。野暮ったいひどい着付けでだらだら歩いている。たまたま買物に行った老舗の奥さんに、

「京都の女性ともあろう人たちが、どうしてみんな、あんなヘンな浴衣着てるのかしら」

と尋ねたところ、

「着てる人は、みんな東京か地方から来てる人です」

ときつく言われてしまった。

「ホテルや美容院が、浴衣をレンタルして着付けもしてあげるんです。あんなもん着て歩かれたら、本当にかなわんわ」

ということであった。

浴衣といえば、昨日ホテルのロビイにいたら、中年の男性がひとり座っていた。そこへ浴衣

姿の若い女性がやってきた。

「お待ち遠さま」

つい注目する私。どう見ても不倫旅行ではないか。が、驚くのはまだ早い。彼らはグループの中のワンカップルなのだ。そこへ男性五人、女性五人が登場し、私はのけぞった。男性はみんな四十代か五十代ぐらいなのに、女性たちはみんな若く、おミズっぽかったのである。

どうみても、遊び人のグループが、愛人連れて堂々の京都旅行だ。

「ワタシ、京都行ってみたい」

「なら、みんなで行ったろか」

と話がまとまったのであろう。しかしすごいよなあ、このグループ。こんなおじさんたちのお派手な現場を見るなんて、バブルの時以来ではないか。

なんて言いながらも、太っ腹の私は昨日はどーんと舞妓ちゃんと芸妓さん呼びましたよ。一緒に行った中国人の友人が、

「私一度でいいから舞妓さんに会ってみたい」

と言い出したからである。日中友好、友情二千年の歴史のために、私は頑張りました。そしてお茶屋のお座敷へ行ったら、以前も会った芸妓さんからうちわをいただいた。ものすごく嬉しかった。なぜなら芸妓さん、舞妓ちゃんの名が書かれた白いうちわは、言ってみればお中元。お得意さんじゃないと持てないのだ。祇園の芸妓さんから配られるこれを持っていると、東京

でかなり自慢できる。ホント。

やがて彼女の他に舞妓ちゃん二人と、三味線を弾いてくださる地方《じかた》の芸妓さんも登場。

「わー、すごい。夢みたい。私、頬っぺたをつねろうかしら」

と、私の友人は大喜びでずっとビデオをまわしている。祇園でもワインが流行らしい。ここでボルドーを二本空けた。

「ねぇ、ねぇ、ここのお勘定、大丈夫?」

「大丈夫ったら」

「あのさ、私も割カンにしてほしいの。お願いよ」

「そんなこと出来るわけないでしょ」

鷹揚《おうよう》に笑う私。ここはぐっと我慢とミエのコになる。

「このお茶屋は私のショバなの。後で私のとこへ請求書が送られてくるから心配しないで」

「まぁ、ハヤシさんって何て太っ腹なの!」

そう、本当に太っ腹の私。この頃自分でもお腹の肉をもてあましている、ホントの太っ腹。

しかし案ずることはない。明日から断食道場に入る。五日間で六キロ痩せるつもり。この道の大先輩、サエグサさんからさっき電話があった。

「前日からもうご飯抜いた方がいい。食事おさめ、なんて考えちゃ駄目だよ」

はい、そうしました。もう今日から断食は始まっているのである。

見せたがり屋

仲よしのホリキさんと、宮崎へ行った。なぜ行ったかというと、江原啓之さんと一緒に高千穂神社におまいりしようということになったからだ。

夏休み中だったこの連載の担当、ホッシーも合流した。宮崎はサーフィンのメッカで、四日間海に出ていたそうだ。すっかり陽に灼《や》けているホッシー。海の近くの旅館は食事がイマイチだったようで、今日は宮崎牛を食べられると嬉しそうだ。

ホッシーがインターネットで調べたという宮崎牛の老舗へ行ったところ、おかみさんのキャラが濃くてみんなびっくりした。髪が巨大に盛り上がっているのだ。今は亡き塩沢ときさんを想像していただきたい。が、とてもいい人で、帰る時にラッキョウをくださった。

その後、みんなでホテルのバーへ行き、あれこれお喋りする。が、私は途中から話に身が入らなくなった。なぜならば、私の目の前、カウンターに座っている男女がイチャツキ始めたからである。

タオルを首に巻いたおじさんと、Tシャツ姿のそう若くない女性の二人連れ。おじさんはず

うっと彼女の太ももをさすり、Tシャツの中に手を入れてもそもそする。おかげで彼女のTシャツの背中がめくれて、肌がかなり露出した。それどころかおじさんは彼女に迫り、激しいキス。

「早く部屋に行けばいいのに」

私は腹が立って仕方ない。美しいカップルならともかく、小汚いおじさんと、少しも美人でもない女性だ。それなのに人前でこんなシーンを見せていいものだろうか。

女の人はおじさんが、しつこく手を這わせると身をよじるだけだ。そう嫌がっている様子もない。私が彼女だったら、やめて、とさっさと立ち上がる。人の視線の中でこんなことされたくない。しかし彼女はずうっとそこに座ってるじゃないの。ようやく二人が席を立ったのは三十分後だ。

「すごいもん見ちゃったね」

「あれは何なの」

どうやらみんな同じものを見ていたらしい。

「カッコいい二人連れならともかく、あんなレベルでよくあんなこと人前で出来るわね」

私がプリプリすると、

「カッコいい二人なら、人前であんなことしませんよ」

ホッシーのサーフィン仲間、ブルータス編集部のスギエ青年が言った。その時だ。ホッシーが、こう言ったのである。

「あの二人、夫婦なんですかね」

しばらく沈黙があった。新婚のホッシーの無邪気さにみんな呆れ、同時に感動したのである。ややあって皆が攻撃した。

「夫婦であんなことするわけないでしょ。どうして夫が妻に迫ったりするのよ」

「ふつうの夫婦ならね、二人でバーなんかに来ません。夫は今、ホテルのベッドでプロ野球見てるわよ」

しかしそれにしても、女というのはどうしてあんなに見せたがり屋なんだろうか。あんなおじさんレベルでも「口説かれているワタシ」というのを、みんなに見せたいのだ。

そして次の日、ヘンなものを見た祟《たた》りなのか、大変な出来事が起こった。予想どおり大きな台風が宮崎を直撃したのである。激しい雨がホテルの窓ガラスにあたり、それで早く目が覚めてしまった。今日は江原さんと神社に行くはずだったのにそれどころではない。講演会でもう一泊する江原さんを残し、私たちはタクシーで熊本空港へ。ここはまだ欠航が出ていないというのだ。

「もうじき高速が封鎖になるかもしれない」

と運転手さんのとばすこと、とばすこと。すごい風と雨で、時々タクシーが横に揺れる。その怖いことといったらない。台風の中、二時間半運転手さんはフルスピードで走る。ものすごい雨と風だ。あたりは何も見えないぐらい。

やっと熊本空港に着いたところ、欠航のボードが次々と出てきた。仕方なく伊丹経由で帰ってきた。

「本当に大変だったわねぇ。もう台風はまっぴら」

と愚痴っていた私は、二日後この台風と再会する。いったん日本海に抜けたこの台風は、東北に再上陸して青森へ向かった。そして青森にねぶた見物に出かけた私の前に現れたのである。おかげで紙製のねぶたがねり歩くお祭りは中止になりそうになった。が、なんとか天気は持ち直し、ねぶたは行われた。巨大なねぶたが光り輝きながら近づいてくる光景は、かなり感動モノであった。

が、二日めの弘前ねぷたを見に行ったら、途中から雨が降った。ここの行列の女のコたちは、青森ねぶたのようにきちんと浴衣を着ていない。さらしをかなりえぐく下まで巻いているだけ。これが雨に濡れて、ぴったり貼りついている。アップにした髪も濡れちゃってイヤらしい。

祭りだからといって、みんな裸に近い格好して、人々を挑発しまくってるわけだ。私は四日前宮崎で見た女性を思い出した。女っていうのはやっぱり見せびらかすのが好きだ。南の女だろうと、北の女だろうとさ。困ったもんだ。

美人の損得勘定

断食道場に入り、なんと三キロ痩せた私である。

そんな時、私にテレビの出演依頼が。最近テレビの出演は極力避けている私。だって雑誌の、動いていない、選び抜いた写真だからこその「美人作家」。これが動いたら、いろいろバレてしまうではないか。

が、そのテレビ番組は、よく見ている「英語でしゃべらナイト」。そう、昨年私は急に思いたって、英会話スクールの個人レッスンに通った。これをエッセイに書いたところ、それを読んだ番組のディレクターの方から、

「ぜひ出てください」

と丁寧なお手紙をいただいたのである。しかし、この方は私が病的な根性ナシだとは思っていらっしゃらなかったと思う。そう、本人が予測したよりもずっと早く、三ヶ月もたたないうちに私はレッスンをやめてしまったのだ。まだチケットもいっぱい残っているというのに……。

けれども今回の出演企画は、英語を学ぶ人としてではなく、

「日本を代表する恋愛小説の名手として」

だと。なんでも日本語と英語の恋についての言いまわし、口説き文句を勉強するんだそうだ。その日はアメリカ人のインテリイケメンを四人だか揃えてくれるという。

「絶対に英語で質問しない」

という諸条件をのんでくれるということで、私は出させてもらうことにした。

が、テレビに出るとなると大変だ。よく言われることであるが、テレビの画面というのは二割方太ってみえる。おまけにハイビジョンでくっきり、はっきりのため、頬の弛みもシビアに映し出される。

さて、八月の末、私は故郷の山梨に帰ることになった。ここで一週間夏休みを過ごすのである。何度もお話ししていることであるが、田舎に帰ると器量が二割方落ちる。私の場合、体重が増え、顔がむくんでくるのだ。すっかり弛緩しきって、目が腫れ、ひどい時は目がひと重になる。そう、高校時代のあの顔に戻るんですね。

私は決心した。この山梨の一週間をダイエット週に変えるのだ。テレビ出演も控えている。なんとか短期間で成果を上げるのだ。

私はまずこういう計画をたてた。午前中は野菜ジュース以外、口にしない。断食施設で教わったことであるが、こうすると夜の七時に夕食を摂ったとして、十七時間近く絶食が続くのだ。このプチ断食法だと、昼間はおソバかサンドイッチを摂り、夕食は好き放題食べてもいいことになっている。が、この食べ方だと私の場合、確実に太る。私は二食にして、炭水化物を抜く方法がいいようだ。

そんなわけで料理に野菜をたっぷり使い、主食を摂らないようにした。よくつくったのが山梨の郷土料理・油ミソ。ピーマン、ナス、玉ネギ、シシトウを大ぶりに切って油で炒め、味噌と砂糖で味つけする。隣りのおじさんが、庭でとれたナスをどっさりくれたので、これをカレーにした。いったんナスを素揚げにして、ひき肉のカレーと混ぜたわけ。私はご飯を食べずに、ルーだけにしたのであるが、これがものすごいヒットであった。もいだばかりの新鮮なナスを使ったせいもあるだろうが、カレーの味とからまってナスの甘さがひきたつ。あまりのおいしさに、私は料理の天才ではないかと思ったほどだ。

そして歩いた。田舎はタクシーなんかめったに走ってないので、スーパーや郵便局、公園まで猛暑の中、必死に歩いた。そうしたらなんと一週間で二キロ痩せたではないか。そして東京へ帰ってきてからも三日で一キロ。なんか久しぶりに痩せる歯車が動き出したという感じだろうか。

今日、ある文学賞の授賞パーティに行ったら、みんなが「ヤセタ、ヤセタ」と誉めてくれた。誉めながら、仲よしのK社のA子さんが、私にひとりの若い女性を紹介してくれた。背が高いものすごい美人である。ほとんど化粧をせず黒いパンツスーツなのも知的でいい感じ。

「元ミス日本の編集者ですよ。今度P社に入ったんです」

そういえば昨年（二〇〇六年）のミス・ユニバース世界二位の知花くららちゃんも、某大出版社に就職が決まっていた。途中で芸能界に入ったのがかえすがえすも残念だが、こんな逸材が業界に入ってきたとは。私はさっそく渡辺淳一先生に紹介した。先生はニコニコしてすぐに名刺を渡す。二人のまわりにいつのまにか人だかりが出来ているではないか。

私は先に帰ったのだが、すぐにA子さんからメールが来た。

「ハヤシさん、美人って何て得なんでしょう。さっき見てたら、K方K三先生なんか、私が一度も見たことのないプライベートの名刺を渡してました。美人で損する職業なんかこの世にあるんでしょうか。私は知りたいです！」

私の返メル。

「美人で損する職業って作家かもね。美人だと、どうせたいしたもの書いてないと思われるし、セクハラもされるかも。だけどどんなに嫌なめにあっても、私、一度は美人になりたかったかも！」

女がなんでダイエットするか、理由は簡単だ。もう少し痩せさえすれば、美人になれるかもしれないという幻想を捨てきれないんだもの。私のような根性ナシでもね。

スターのケイタイ

つい最近、ジャニーズの大物スターと対談した。またその人がカッコよかったもんだから、女一同すっかり舞い上がってしまった。

「日本の女のコってさ、昔からジャニーズのどこかのグループを好きになって成長していくのよね。どのグループが好きだったかで、その人の年代がわかるわよね」

と私。

「あなたなんか、やっぱりSMAPの世代かしら」

と、若い編集者に問うたところ、

「いいえ、光GENJIです。ハヤシさんは？」

「フォーリーブス……」

「それって何ですか」

などという会話があった後、久しぶりに少年隊のミュージカルに行った。青山劇場のこのイベントに行くのも久しぶりだわ。最初に観た時は、彼らも十代の若者。私もとても若かった。

ヒガシ
いつまでも
美しく〜〜！
誰のものにも
ならないで〜！
イチ、ニ、ミ、四、サンバ

あれから歳月は流れ、今回植草（克秀）クンの息子さんがお父さんと一緒に舞台を踏むなんてびっくりだ。錦織（一清）クンが、おやじキャラで客席を笑わせていたのも感慨深い。が、二人それぞれにカッコよく、いい感じで年をとっている。

ところで少年隊といえば、私は昔からヒガシ（東山紀之）がごひいきであった。あの端正でクールな雰囲気が、なんともセクシー。昔は対談やなんだかんだで、会う機会もあったのだが、このところはすっかりご無沙汰していた。その間にあちらは、すっかり大スターになり、貫録も出てきちゃって、もう気安く「ヒガシ」なんて呼べないワ。

が、野望は捨てていない私。今回なぜ私が、久しぶりに少年隊のコンサートへ出かけたか。それには深いワケがあるのだ。

三ヶ月も前のこと、本当に何年かぶりにヒガシに会った。某雑誌の対談であった。その時カレったら、

「ハヤシさん、今度近いうちにご飯でも食べましょうよ」

と誘ってくれたのである。本当だから。それが証拠に、

「じゃ、ボクのケイタイ番号教えときますからね。入れといてください。いいですか……」

と言ってくれた。が、図々しいおばさんになっている私はケイタイを取り出し、

「ちょっと待って。ついでに写メールでツーショット撮って」

とガシャッ。この写真はしばらく待ち受け画面にしていた。

そしてあれから時間はたった。当然のこととしてケイタイにはかかってこない。私のケイタイには、しっかりヒガシの番号が登録されている。が、こっちからかけられるわけがない。図々しいを通り越して、あつかましい、って言われるのがイヤなんだもん。

であるから、今回楽屋にお邪魔した時、さりげなく言っちゃおうかナ。

「あ、ヒガシ、ご飯の約束どうなってるの。私、ずっと待ってるからね」

なんて、いろいろシミュレーションを考えていたんだけど、バスローブ姿のヒガシを見たとたん、何も言えなくなってしまった私。もういい。ヒガシとご飯食べようなんて、だいそれたことを考えるのは間違ってるワ……。

もちろん二人きりで食べるつもりなんかこれっぽっちもなくて、友だちを連れていくつもりだった。私はヒガシのために、うんと若くて可愛いコを誘うつもりだったのに……。いけない、なんて姑息なことを考えているんだろう。

いいの、私にはAさんがいるし。

そう、この頃、よくこのエッセイのネタにしている超スター、Aさんのことね。彼とはケイタイの番号はもちろん、メールもしちゃう仲。このあいだもみんなで集まってご飯を食べたんだから。

その後、私の知っているバーにお誘いしたところ、そこのママが異様に興奮してしまった。

「うそー、やだー、本物のAさんなの。私、信じられない！」

有名人が結構出入りしているバーなのに、ギャーッと叫んだきり、しばらく声が出てこないのだ。しかしかなり図々しいことを言い出すではないか。

「お願い、うちの妹があなたの大ファンなの。もう、ファンなんていうもんじゃなくて、熱狂的信者なんです。ちょっと電話に出てもらってもいい？」

とか言っちゃって、ケイタイを差し出すではないか。が、Aさんは少しも嫌な顔をせず、声色を使い、自分の物マネをするタレントさんになりきるという離れわざをやってのけたのである。本当にいい人だ。会うたびに好きになっていくワ。

来月は彼のコンサートにお招きを受けている。なんていう幸せかしらん。スターと呼ばれる人とおつき合いすることの最高の喜びは、ステージ上でその人を見、夢の世界に連れていってもらい、現実に戻ってからも会話を交わせるということ。ミーハー気分どころか、夢心地になります……。

それにしても、やっぱりヒガシとも現実に会いたいナ。

おとぎの国のマリコ

私は世間で思われているよりも、ずっと性格がいいんじゃないかしらん。

それが証拠には、一度仕事をした人たちとはずっと仲がよく、みんな私のために本当によくしてくれるの。雑誌の編集長や編集者のみなさんは、私を「美人作家」に仕立て上げるために、心血を注いでくれる。

このあいだのアンアンのグラビアなんか見てくれた？　誰かと思うような美しい写真、あれはアンアンの編集長、担当の編集者、社員カメラマンのテンニチさんの努力のたまものである。

この頃よく女性誌で特集を組んでくれるが、そういう時はもう一ヶ月前から、

「ハヤシさん、もうちょっと体重落としてください」

というアドバイスが始まり、撮影の際のお菓子、写真のセレクトまで、そりゃあ気を遣ってくれる。みんな私を綺麗に撮ってくれるために一生懸命なのだ。

ある女性誌の編集長が言った。

「ハヤシさん、なるべくテレビには出ないでくださいね。テレビの人って、僕たちと違って、

ハヤシさんにひとかけらの愛情も持っていませんからね」

私もそれは充分に承知している。テレビの世界はよその国、活字の世界と違ってあちらは知らない怖い人ばかり。遊びに行ってはいけません……。

が、おとぎ話のお姫さまのように、私の心の中にむくむくと芽ばえた冒険心と、おごりの心。そお、このところ各方面からの「キレイになった」「年よりもずっと若い」というお誉めの言葉。ちょっとぐらい、動く私を見せてもいいような気がしてきたの。

そんな時、文芸担当者からの強い要望がわき起こる。

「ハヤシさん、新刊を出した時ぐらい、たまにはテレビに出てくださいよ。パブリシティになりますから」

そうしているうち、どうしても義理がからんで出なければならなくなったトーク番組があった。これは三人で喋るやつだ。もう席は決められていて、真中のベストポジションは女優さん。後でヘアメイクの女性が言った。

「ひとりのトークならともかく、三人いたらみんなを綺麗に撮るわけにはいきません。やっぱりライトも位置も、女優さんが最優先されてますね」

そう、テレビの国のお姫さまは強い。私はいちばん手前の席だったのだが、ここは斜め後ろからカメラがなめまわす。そう、ふつうよりも二割がた太って映る。私の横顔や肩のむっちりしたところがアップになり、私は「ギャーッ」と叫び声をあげた。

放映日はたまたま山梨の実家にいたのであるが、見ているうちに母もイトコも次第に無口になってきた。

そう、映っているのは、タダのデブのおばさんじゃん！　それなのに心はおごりたかぶっているもんだから、勘違いの発言がいっぱい。

「中年になっても、美しさをどうキープするか」

というテーマだったので、私は、

「私、この頃の方がキレイだってみんなに言われてぇ」

とか、

「もう一回結婚したいですよねぇ」

などと言いたい放題。次の日、うちのハタケヤマはしみじみと言った。

「ハヤシさん、あれに出ても本は売れないと思いますよ。ハヤシさんは、雑誌にだけ出ていればよかったのに」

それなのに、今日また「英語でしゃべらナイト」の収録にも行ってしまった私。作家として、日米の恋の言葉を比較してほしいとの要望だった。

「日本語ペラペラの人ばかりなので、英語を話すことはない」

ということだったのに、撮影場所に行くと、もう席には三人の外国人男性が座っているじゃないの。その前を、

「ちょっとトイレへ……」

と横切る恥ずかしさ。だってトイレがこの部屋の先にあるのだ。

打ち合わせもなにもなく、席に着くとすぐにカメラがまわり始めた。日本語ばっかって嘘じゃん。ひとり日本語がダメな人が交じっていて、会話は突然英語になったりする。私もよせばいいのに加わろうとするんだけど、頭が真白になり、簡単な単語も構文もまるっきり出てこない。何か尋ねられてもしどろもどろ……。

帰ってきたらものすごく落ち込んだ。

「私がデブでブスのおばさんだってことを全国ネットで再認識させたうえに、今度はいかにアホかってことをわからせてしまうのね」

そんな時、マガジンハウスの担当者がやってきた。

「ハヤシさん、『美女入門』七巻のタイトル、決まりましたか？　このあいだ言ってた『美か、さもなくば死を』っていうの、過激でいいですよね。社内でも評判です」

ま、今の私にはきついタイトル。もう本当に落ち込んでるわよ。死にはしないけど、これがきっかけでウツになるかもしれないよ。

自称・美人料理研究家

最近お金持ちのホームパーティに行くと、ケータリングのことが多い。

イタリアン、フレンチ、和食の他に、お鮨屋さんがガラスケースを持ち込んでその場で握ってくれる。

そういうのもいいけれど、そこのおうちの人が料理自慢で、いろいろつくってくれるというのも好き。料理研究家のうちのパーティなんて最高だ。実はうちから歩いて五分ぐらいのところに、平野レミさんが住んでいる。以前は時々お誘いいただいた。おいしいものがズラリ大皿に並び、私ら客ががつがつ頬ばるのを、レミさんは実に嬉しそうに眺めてたっけ。

原宿に住んでいた頃は、うちの一本裏に住んでいた男友だちが、美食家のうえに料理の天才。ワインを飲みながら、ひょいひょいと大テーブルの上で生地をこね、あっという間にスズキのパイ包みなんかこさえてくれた。

そういう姿に憧れ、

「本格的にフレンチを習いたい」

と思いたったのが八年前のこと。よせばいいのに、フレンチの最高峰ル・コルドン・ブルー日本校へ通い始めたのだ。ここで私はまず屈辱的な出来ごとに遭った。制服のサイズ合わせの日、仕事が入って行けなかったところ、後に学校側から支給されたのが、なんと3Lのコック服。ひ、ひどいじゃん。私への世間のイメージってこうなのね、と思い知った。3Lなら私だってぶかぶかだ。仕方なく、それをずっと着続けたけどね。

この時、仲よしの版画家、山本容子さんを誘ったのもまずかった。ヨーコ・ヤマモトはその美しさでみなを魅了したばかりでなく、料理にもすごい才能を発揮したのである。盛りつけの美しさなんか、講師のフランス人シェフより上だったかもしれない。

しょっちゅう試験があったが、ヨーコ・ヤマモトはいつも「トレビアン！」の優等生。それにひきかえこの私は、時間内に課題の料理をつくれない劣等生であった。大ざっぱな性格がわざわいして、ケーキはふくらまないし、ソースもこってりしない。自分では結構料理がうまいと思っていたのであるが、根拠のない自信はこっぱみじんにうちくだかれたのである……。

あれがトラウマになったのかしらん、あまり料理をしなくなった私。ちょうどコルドン・ブルーに入学した頃、うちに新しいお手伝いさんが来たのも大きな理由だ。この人は料理がうまく、夕食もつくってくれるようになった。この人の料理がとてもおいしいので、私が週末つくろうとするとみんなが嫌がる。

「いいよ、いいよ。近所に食べに行こう」

と夫が必ず言う。私にまずいものをつくられたらたまらんと思っているのであろう。が、そうはいっても冷蔵庫を整理するために、主婦が料理をしなくてはならない。私はお手伝いさんが休みの週末に、あれこれつくるようになった。

ピーマンを使ってのチンジャオロース、具がたくさんの炊き込みご飯、ナスとひき肉のカレー、するとすべてうまくいったではないか。先週は韓国産のものを使って、マツタケご飯をつくったところ、これも大好評。

「うまい、うまい」

の大絶賛を浴びたのだ。

するとお調子者の私、すぐに大作に挑みたくなる。料理の大作といったら、やっぱりローストビーフかしらん。本を読んだら、

「最低一キロないとうまくいきません」

ひぇー、牛肉を一キロかァ。近くのスーパーにはないため、わざわざ紀ノ国屋まで行く。ランプ肉を切ってもらったところ、その値段にびっくり。大作ってなんて高くつくんだ。

まずは野菜をたくさん切って、天板の上に並べる。いただきもののフランスの岩塩とコショウをすり込んだ牛肉をこの上に置く。

オーブンが動いている間、私は不安でたまらなかった。以前にもローストビーフを焼いたことがあるが、中がレアすぎて夫に不評だったのだ。

ぴったり三十四分焼いて、あら熱をとってスライスする。おお、ちょうどいい感じ。見事なローズ色に仕上がっている。

クレソンとこれまたフンパツしたホースラディッシュをすって、お皿にのっけたところ、夫が「うまい！」と誉めてくれた。ひと口食べる。本当においしい。いつもだったらパックに入っている、惣菜のローストビーフをひとり一枚食べていたのであるが、その日は五枚食べた。次の日はトーストしたパンにはさんで、ローストビーフサンドに。これもバカうま。

「私って料理の才能があるかも」

と思い始めたのはその時だ。たぶんコルドン・ブルーに通ってた頃は、才能は眠っていたに違いない。いずれは料理本を出し、「美人作家」から「美人料理研究家」へと、夢はふくらむ私である。

見果てぬ夢

秋のコンサートシーズンである。

オペラも行くけど、少年隊、嵐、ひろみGO、ユーミンと、大好きなアーティストの舞台が続く。

特に印象深いのがひろみGOの、中野サンプラザのコンサートかしら。なぜなら、いつもは招待席でおとなしく見てくる私が、久しぶりに取り乱してしまったからである。これは一緒に行った人が悪かった。私の百倍ぐらいパワフルな魔性の女、ナカセさんだったのである。そう、ナオミ・カワシマと共につくっている「魔性の会」のメンバーである。

ナカセさんは、もう最初から立ってぶっとばしてましたよ。つい私も立って踊りまくり、手を振り上げた。

「ゴーゴー、ヒロミ。レッツゴー、ヒロミィ！」

ひろみGOはカッコいいのはもちろんであるが、歌がとにかくうまい。アメリカでボイストレーニングしているのをテレビで見たことがあるが、ピアノの前でトレーナーについてみっちりレッスンしていた。その甲斐あって、高音はもちろんファルセットの変わり方の見事さとい

ついに
VOGUE
"世界の美女"
に挑戦！
VAGUE

ったらない。男性歌手が裏声つかうとオカマっぽくなるが、ひろみさんの場合はなんともセクシーな声になるのだ。

トークももちろん面白い。その最中、

「皆さん、ちょっと失礼」

と後ろ向きになって水を飲んだが、そのラインの美しいこと。脚は長く、ヒップは上がり、背中もすっきり。

「おお……なんと」

男を見る目も肥満している私とナカセさんは、思わず声を上げたのである。

その帰り、中野サンロードの「山頭火」で、特製ラーメンをすすりながら、ナカセさんはしみじみと言った。

「なんて美しい体なのかしらん。もしヒロミさんの前で、ハダカになるようなことになったら、私、自害します」

とキッパリ。

「まあ、死ぬことはないと思うけど。私ならその前に断るな。万が一、もしそんなことがあったとしても、あんな美しい男の人とするなんて出来ませんわ」

「あれだけの体を保ってるってことは、ものすごいトレーニングと節制を自分に課してるっていうことですよね。でも、ということは、女の人にもすっごい厳しいことを要求してくるはずですよ」

いや、そうでもないかもと、私は最後のチャーシューを噛み切って言った。

「あれだけのレベルになると、かえって女の人に寛大かもよ。多少たっぷんたっぷんしてる方がかわいいとか」

「そうだといいですね。祈りましょう」

ヒロミさん、すいません。あなたのコンサート帰り、ファンのおばさんが二人、勝手な妄想抱いてラーメン食べてました。

が、実は私、まだ野心は捨ててません。それは見果てぬ夢、まだ諦めることの出来ない夢。〝今よりはずっといい女になって、素敵な男性とめぐり合う〟夢である。

そんなある日、このページの担当のホッシーが言った。

「いまニューヨークで、トップクラスの日本人のメイクアーティストがいるんです。ヴォーグやELLEの表紙をやっただけじゃなくて、セレブもみんなご指名。ヒラリー・クリントンのメイクもやってるんですよ」

「へぇーすごいじゃん」

NYに日本人のメイクアーティストは何人もいるけど、トップクラスまで行く人はなかなかいないはずだ。

「それで日本を代表する美女として、ハヤシさんの顔をメイクしたいそうです」

なんてことはもちろん言わなかったけど、

「その吉川康雄さんって人が、ハヤシさんの顔をぜひメイクしたいっておっしゃってます」

ということで、来日の折りにホテルにお邪魔することにした。

ご存知のように、ふだんの私はあまりお化粧しない。ファンデは塗らない主義だし、アイメイクもあっさりと仕上げる。仕事でプロに頼む時も、

「ナチュラルにね」

と念を押す。

が、吉川さんはおっしゃる。

「ナチュラルだけど、少しドラマティックにつくり込んでみましょうよ」

ということで、かなりアイメイクに念を入れた。どこかのミス・ユニバースの女のコみたいに、「東洋のタヌキ姫」みたいになったらどうしようかと思ったけれど、鏡の中の私は、「おお美女！」。テクニカルな濃いアイラインが目を○・五ミリ上げ、私をミステリアスな大人の女にしているみたい。ホッシーも感動のおももちで私を見た。

「ものすごくモード系ですね。すっげぇおしゃれなメイクですね」

この後、デイトならともかく、お鮨屋で友人と会食、というのが残念であった。どうでもいい男友だちだったのに、こんな綺麗になって口惜しい。ああ、ひろみGOの楽屋に行く前にこれをしてもらえたらと、つくづくこりないおばさんであった。

ニンニク披露宴

ここのところ、美女の結婚披露宴が続く。再来週は神田うのちゃんの豪華大披露宴だし、今日は私の妹分、あくらの披露宴であった。

あくらのことは、よくこのページでも書いているからご存知の方もいることであろう。元タカラジェンヌの美少女あくらも、ついに花嫁さんになるのである。

「来週、あくらの披露宴、着物で行くから着付け頼んどいてね」

と秘書のハタケヤマに言ったところ、めったに人を誉めない彼女が、遠くを見るようにうっとりと言った。

「あくらちゃんのウエディング姿なら、さぞかし綺麗でしょうねぇ……」

色が真白で目が大きく、睫毛クルリンという、まるで少女漫画から抜け出してきたようなあくら。ウエディングドレスがどんなに似合うであろうか。このあいだ会ったら、ドレスをつくりにイタリアまで行ったって言ってたっけ。このあくら、元々がお金持ちのお嬢であるが、結婚する相手は超がつくようなお金持ちのようだ。このあたり、うのちゃんとよく似ている。つ

まり、今の世の中、特上美女は絶対に不幸にならないように出来ているのである。

会場のホテルの大広間に行って驚いた。ピンクのバラで埋めつくされ、ウエディングケーキも白とピンク。まるで宝塚の舞台のように、ふわふわと甘い世界なのである。そこへウエディングドレス姿のあくらが登場。おおっとどよめきが起こったほどの美しさであった。イタリアでつくったというドレスは、裾のひきずる部分にボリュームがあり、とても可愛い。

「本当に綺麗な花嫁さんですよね」

ひとつ置いて隣りの席に座った中井美穂ちゃんが、感に堪えぬように言った。

「そういえば……」

と私。

「おたくのご主人が引退会見なさった時、昔の映像で美穂ちゃんとの結婚式の様子が、これでもか、って感じでワイドショーに流れてたわよ」

「そうなんです。あの時は中継もしてたんで、フィルムがたっぷりあるんですよ」

照れくさそうに美穂ちゃんは笑う。

ご主人というのは、もちろん元ヤクルトの古田敦也さんである。

「実は私たちの披露宴も、このホテル、この平安の間なんです。今のあくらちゃんの席に私座ってたんですよ」

「へぇー、そうなんだ」

「でも、結婚の時の映像見ると、時代の流れを感じますよねぇ。ちょうちん袖のウエディングドレスなんて、今頃見ませんもの。ハヤシさんはどんなウエディングでしたか」

そうそう、森英恵先生がつくってくださったオートクチュールで、胸のとこで切り替えてるデザイン。コレクションで見た時はスペイン風で、それはそれは美しいラインであったが、私が着た時は、何といおうか、かなり違ったものになり、先生にはまことに申しわけないことをした。

さて、五百八十人も招待客がいる大きな宴であったが、これほど美女率の高い披露宴は見たことがない。右を向いても、左を向いても美人ばっかりなのだ。新婦の宝塚時代のお友だちに、聖心女子学院時代のお友だちが来ているからかと思ったらそれだけではない。新郎側の親戚やお友だちもみーんな綺麗な人ばっかり。しかもほとんどが着物姿ではないか。

私はかねがね結婚披露宴のステータスと着物率は完全に比例すると思っている。言っちゃナンだけど、シャビーな披露宴だと着物の人なんかほとんどいない。両親も着ていない。女のコはみーんな髪アップ、スリップドレス、ストールという「キャバクラ三点セット」を身につけている。が、あくらちゃんの披露宴では、若いお嬢さんのほとんどが振袖なのである。これは品があってとてもいい感じ。そうでなければ宝塚のお友だちが、さすがと思われるイブニング姿で出席している。

そう、タカラジェンヌが結婚すると、必ずお友だちが前に出て、「すみれの花咲く頃」を歌うけれど、あれはマジにじーんとしてしまいますね。乙女の清らかさを歌い上げるコーラスだ。

ところで四日前から、ひどい風邪をひいている私。明日から中国へ旅行するので、強い薬を飲んでいる。これは三食後とある。つまりそういうことは、

「三食、ちゃんと食べなさいということよね」

と都合のいいように解釈し、朝からごはんを炊き、もらいもののタラコとイクラをおかずに二杯食べる。

昼と夜も、体力をつける、という名目で食べる。そして昨夜は、

「とにかく風邪を一日も早く治す」

と決意し、焼肉屋へ行った。ここで五人前近く食べ、ニンニク焼きも注文した。六個ぐらいいっぺんに食べた。今日、披露宴から帰ってきたら、夫が顔をしかめた。

「君ー、まだクサイよ。あんだけニンニク食べたんだから、もうちょっとちゃんと対処しろよ」

あのピンクと白の世界で、「すみれの花咲く頃」を聞きながら涙ぐんでいた私は、実はニンニクのにおいをぷんぷんさせてたのね。ミポリン、ごめんね。

美女ツアー・アラウンド・ザ・ワールド

スズメとクジャク

ひと月に三回海外へ行くという、無謀なスケジュールを組んでしまった。おかげでどれも三泊という強行軍。

まず行ったところは中国である。文化訪中団というのに入り、あちらとの親善を深める旅だ。まず西安という古い都を訪ね、あとは北京へ行きパーティに出て、次の日帰るというスケジュール。七人のメンバーのうち、私だけワガママを言って先に帰ってきたのだ。

ところで旅に出る時、どっさり服を持っていく人と、極力省きたい人との二手に分かれるが、私は後者の方である。

国内一泊の場合は、インナーと下着しか持っていかない。そして中国でもこの流儀で通そうとした。たった三泊だし、ギャラリーもいないし、中国の田舎へ行くんだしと、まあ、なめていたわけだ。

しかし私はすぐに後悔した。毎晩現地の方をまじえたレセプションがあるので、昼間と洋服を替えなくてはならない。それどころか朝食の席に着くと、男の人たちもみーんな昨日と違う

格好ではないか。そこへいくと私は、Tシャツを着替えただけで、スカートもカーディガンも昨日のままの着たきりスズメ。

しかもここで重要なことが判明した。お年寄りばかりだと思っていた訪中団に、ひとり若い作曲家の方がいたのである。あとでクラシック界の人に聞いたところ、

「若手作曲家の中で、いちばんのイケメン」

と教えてくれた。この方は背が高くて何でも似合う。ジーンズも毎日替えていた。私以外に少々お年を召したオペラ歌手の女性がいらしたが、この方はとてもおしゃれで、毎日上から下まで華やかなもので決める。パーティの時のイブニングなど、それはそれは素敵であった。

私は着たきりスズメの自分がとても恥ずかしくなる。グループの中でいちばん若い女性（二人きりしかいない）が、こんなていたらくでいいのだろうか。

北京に着いたら、グッチやシャネルも、ルイ・ヴィトンでも何でもある。秋の服でも買おうと思っていたところ、団体行動でどこにも行けない。そして大陸の天候は日いち日と変わり、Tシャツの私は寒さで震え上がった。集合時間までのわずかな隙をみてホテルのアーケードにとび込み、とにかく何か買うことにした。仲よくなったイケメン作曲家もついてきてくれた。男性の前で大きなサイズを買うのはつらいが、とにかくニットを一枚手に入れ、やっと寒さをしのいだのである。

が、次の朝、それを着て朝食ビュッフェの席に行ったら彼は言った。

「めちゃくちゃセクシーじゃん」

ニットを盛り上げるお肉を見てそんなこと言ってくれるなんて、本当にやさしい人である。このまま旅を続けていたら、私の心はどうなっていたかわからない。ヒトヅマとして、早めにひとり帰ってきたのはよかったかも。

そしてあさってからはパリ。いちばん美しい季節を迎える私の大好きなパリよ。仕事がらみでオペラを観にいくのであるが、仲よしのホリキさんが言った。

「ちょうどパリコレのシーズンじゃないの。それならば、ふたつみっつ見てきたら」

顔の広いホリキさんは、すぐさま電話をかけて、プラチナチケットのコレクションをふたつとってくれたのである。

「ハヤシさん、パリコレ行ったらおしゃれに絶対手を抜かないでね。私らエディターも、それこそ命かけて行くからね」

「中国でこりたから、今度はちゃんとしてくわ。ドル・ガバのすんごくかわいいコートと、サンローランの大きいエナメル黒バッグ買ったから、ポイントは押さえてるつもり」

「それだけじゃダメ。パリコレは靴、靴よ」

ホリキさんが言うには、パリコレに集う世界各国のエディターたちは、国の威信を賭けてファッションを決める。この頃はモデルのスナップ以上に、エディターの写真が誌面を飾るのはそのためだ。彼女たちは一応裏方だという自覚があるから、お洋服は地味にまとめる。その代わり靴には凝りに凝って最新のものをはくんだそうだ。

「コレクションの最前列に座るような編集長クラスは、まず靴を見られます。ものすごく目立つの」

ミラノコレクションから帰ってきたばかりの彼女はキッパリ。

「だからハヤシさんも靴を何足も持ってって。もしかすると日本のおしゃれスナップに撮られるかも」

「まさかあ」

「とにかくその覚悟で、バッグも何個か持ってってね。洋服は昼のコーディネイトと夜のコーディネイトを毎日完璧に。そんなのカンタンでしょ。スーツケースに入れればいいんだから。ハヤシさん、着なくても旅の服はどっさり持っていかなくっちゃダメよ」

たった三泊だよーと、言いかけてやめた。根本的にビンボーったらしい着たきりスズメは、永遠におしゃれなクジャクにはなれないわね。ましてや日本のアナ・ウィンターなんかとてもムリ。

パリ三昧！

たった三泊だけれども、パリでの日々が始まった。

以前お話ししたように、仲よしのホリキさんがいろいろ手配してくれ、パリコレも見ることが出来た。それも人気の高いサンローランとクロエである。

ホリキさんは私に何度も言ったものだ。

「うんとおしゃれしていってね。私たちエディターは、パリコレの時には命かけてキメていくんだから」

もちろんそのつもりであったのだが、到着の飛行機が遅れ、パリに着いたのは、なんとコレクションの一時間前。ホテルにスーツケースを置くのがやっとであった。しかし靴だけはちゃんとブーティーに履きかえていったワ。そう、ブーティー、ブーティー。ブーツじゃない。今年（二〇〇七年）の靴はこれでキマリといわれているブーティーね。それとサンローランのエナメルデカバッグ。これさえ身につけていれば、何とかなるような気がするの。

が、私は大切なことを忘れていた。そお、タイツをはきかえることをね。機内で暑いような

気がして、いつものタイツをやめ、ちょうど買ったばかりの黒の網タイツをはいていったのである。

さて、いよいよパリコレの会場へ。すごい光景である。世界中からファッションエディター、ジャーナリストたちが集まってくるのだ。ホリキさんのご威光で、私は最前列の席に座らせていただいた。モデルさんたちは、ステージではなく、すぐ目の前を歩く。私はもしかするとテレビに映るかも。緊張しながらも私は各国のファッションエディターたちをくまなくチェックした。「プラダを着た悪魔」といわれるアメリカン・ヴォーグ誌の編集長、アナ・ウィンターは今回ご欠席だそうだ。

それにしても、こんだけファッショナブルな人たちが一堂に集まるというのは壮観である。たいていの人がデカバッグを持ち、ブーティーか太高ヒールのパンプス。が、みーんな黒タイツかナマ脚であった。ただのひとりも柄タイツ、網タイツはいないではないか。私はもう凍りつきそう。なんとか自分の網タイツを隠そうと、デカバッグを前に置いた。

私はさっそく、日本のホリキさんにメールを打った。

「みーんな黒タイツかナマ脚でした。日本で流行りの柄タイツをはいている人はいませんでした。あれは世界エディター協会が決めてることなんですかッ。私なんか黒網はいてったから死にそー」

ホリキさんからの返メル。

「フフフ、別に気にしなくってもいいですよ」

だって。が、かなり落ち込んだ私。

さてコレクションの後は、ワインとベトナム料理。パリでいちばん人気のお店に連れていってもらった。ここはワイン業者がやっているので、ワインの品揃えがすごいんだそうだ。といってもよくわからないので、パリ駐在の人に選んでもらい、ブルゴーニュの白を飲んだ。

さて、次の日、ショッピングをしたいところであるが、あまりのユーロ高に断念。そして夜からはパリ国立オペラ座にてバレエ「ロミオとジュリエット」を鑑賞。アヴァンギャルドな演出と装置であったが、非常に面白かった。

この日も夜の九時半からワインとフレンチの遅い夕食。シャンパンからがんがん飲む。

「こんだけ寝不足なんだから、きっと太らないに違いない」

と決めてデザートも食べる。

次の日はパリ国立オペラ座のバックステージを見せていただき、「マリアンヌと青ひげ」というオペラを観た。これを観るのは初めてだ。これまたアヴァンギャルドな演出。もともと中世のお城の設定が、一九六〇年代の縫製工場となっているのだ。実は海外へ行き、すぐにオペラを観るというのはつらい。時差があるし、「椿姫」や「カルメン」ならともかく、外国の言葉がわからないからである。ついうとうとということが多い。が、「マリアンヌと青ひげ」は少しも退屈しなかった。

それどころか曲の素晴らしさに、カッと目を開けて見ていた。太く強いソプラノの歌手が、女心をせつせつと歌い上げる。それにひきかえ相手役の「青ひげ」は、たった二分間しか歌わない。が、存在感たっぷりの歌手で、その後、舞台にちらっと姿を現すだけで、空気がぐっと引き締まる。詳しい人に聞いたら、

「世界でも有数のワーグナー歌いを、ちらっと出すだけなんて、なんて贅沢なんだろう」

ということであった。

この日もおいしいワインとビストロでのお料理。バスティーユ広場近くのビストロで、白ワインと海の幸をいただく。

出かける前にハタケヤマからくれぐれも言われた。

「パリで牡蠣は絶対に食べないでくださいね。体がうんと疲れてる時に食べるとあたりますからね」

そういえば私の知り合いの客室乗務員も、イスタンブールで牡蠣にあたって、パリで一ヶ月も入院したっけ。そんなわけで私は海老とザリガニを白ワインでいただいた。めいっぱい遊んだパリ旅行。続きはまたね。

時差と美女とシャンパン

パリ三泊五日の旅を終え、夜行便に乗った。そしてエールフランスのウエルカム・シャンパンを飲みながらつくづく思った。

「ジェットセッターって、もしかしたらワタシみたいな人のことを言うのかしら……」

なんだか忙しくって、忙しくって、自分が今どこにいるのかもわからない。

とにかく成田に着き車に乗って、一路わが家へ。到着が遅れたので、家に着いたのは朝の十時十五分であった。スーツケースを置いて着がえをすると、すぐさま飛び出した。今日は十一時から、田中宥久子先生のアポイントメントがあるのだ。久しぶりの造顔マッサージなので、先生は二時間近くかけて引き上げてくださった。弛んだ顔が、みるみる間に引き締まっていくのがわかる。

「先生、今日はこれから、うのちゃんの披露宴なのでよろしく」

「まかせといて」

ついでにヘアとメイクもしてくださり、

シャンパンを
ぐっと飲み干す
うのちゃん。
こういうとこが
カッコいいんだよなァ…

「ハヤシさん、頑張ってきてね」

と温かい声で送り出してくださった。

日本中が注目している、神田うのちゃんの大披露宴。家に帰ってみると、結婚式のニュースがもう流れていた。フリルの白むく姿の花嫁はとてもかわいい。

「今日はこれからニューオータニで披露宴が行われます。芸能人をはじめとする有名人が多数出席する予定です」

とアナウンサーの人がさんざん言うので、次第に私も興奮してきたではないか。

「いろんな人、バシバシ撮ろーっと。ねぇ、カメラ持っていってもいいと思う？」

と夫に尋ねたところ、

「そういうのは、みっともないからやめなさい」

とたしなめられた。しぶしぶとカメラを置き、ついでに頼んだ。

「ねぇ、車でニューオータニまで送ってってくれない？　みんなすごい車なのに、私だけタクシーじゃかわいそうじゃん」

これも即座に「イヤ」ということなので、無線を呼んでタクシーで行きましたよ。ケチ！

宴会場のまわりはマスコミの人たちでいっぱい。どうせ写真撮られるわけないが、ああいうカメラの放列の前を通る勇気が私にあるわけない。一階上の入り口から入り、人けのないエレベーターで降りた。

それにしてもテーブルがいっぱい。何度も係の人に聞いてやっとたどりついた。左隣りは黒木瞳さん、右隣りは萬田久子さんという、まあ、自分からは言いづらいが美女でカタメたテーブルであった。

やがてウエディングドレスのうのちゃんが登場。信じられないぐらい美しい花嫁さんだ。巨大スクリーンでアップの顔が映し出されるが、それで見ても完璧なお肌とデコルテである。八百人近い出席者なのに、ひとりひとりに手づくりのカードが置いてあり、いかにもうのちゃんらしい気くばりであった。

それにしても、右を向いても左を向いても有名人ばっかり。私も知っている人がいっぱいいたので、パーティの合い間に挨拶したり、おしゃべりする。後ろのテーブルにいた世界一のソムリエの田崎真也さんも、私と同じように今朝パリから帰ってきたんだそうだ。

「やっぱり、うのちゃんの結婚披露宴には、何があっても駆けつけなきゃね」

と二人で頷き合う。いよいよジェットセッターの気分。しかしあたりを見わたしてもカメラを持ってきている人は誰もいない。夫の言うことを、たまには聞くもんだワ……。

そしてお料理が出てきたけれども、一品ごとにレストランを変えていたのにはびっくり。こんな贅沢なのは初めてだ。ボリュームもあり、さすがの私もちょっと残してしまった。

右隣りの萬田さんは、本当に素敵な人で、前から大好きな女優さんであるが、こんな風にゆっくりお話しするのは初めてかもしれない。しっとりとしたお着物姿のうえ、もう惚れ惚れするような女っぷりである。萬田さんはお酒が大好きなので、乾杯のシャンパンもどんどん飲まれる。シャンパンはものすごく高いドンペリのロゼで、私なんかがめったに飲めるもんじゃない。私も飲んだが萬田さんもかなり召し上がった。そしてウェイトレスの女性に、

「もっとついでね」

とても可愛く言ったので、私もつい冗談を口にする。

「ボトルごと置いてってくださいよ」

そうしたら本当に置いていってくれたので、テーブルのみんなでつぎっこして飲んだ。すっごく楽しかった。

「帰り、ハヤシさん車で落としてあげる」

と萬田さんが言ってくれたので、二人で外に出た。

「わー、キレイ」

「こっち向いてー」

見物人から大歓声が上がる。もちろん萬田さんの方に。萬田さんの車は、豪華ストレッチリムジンで、中にシャンパンが入った冷蔵庫があった。

「さ、もうちょっと飲みましょう」

と栓を抜いてくださった。女二人で乾杯する。まるでハリウッドみたい。シャンパンにも美女にも酔った一日であった。

パリの肉はタイで落とす！

三泊五日のパリ旅行は、そりゃ楽しかったけどかなり疲れた。

何しろ毎晩十時半頃までバレエやオペラを観て、その後ディナーになる。まず現地の人が連れていってくれたのは、おしゃれな人たちが集うベトナム料理店。ここはもともとワイン業者の人が経営しているそうで、品揃えがすごい。ブルゴーニュだけでなんと五十種類もあった。

それを選びながらシャンパンでまずは乾杯し、白、赤のワインを飲む。デザートまでしっかり食べて、ホテルへ帰って寝る。が、時差の関係で五時頃目が覚めてしまう。こんな五日間を終え、日本に帰ったら暴飲暴食と寝不足のため、顔がすっかりむくんでいるではないか。

が、こんな時に限って、イケメンとのお食事が入っているんですよね。

特に名を秘すが、ハンサムで有名な某若手スターと対談した。さりげなくナイトライフを探る私。

「いつもどこで遊んでるの」

「六本木や青山ですかね。ごはん食べる時は、たいてい事務所の先輩の○○さんがおごってく

れます」

「まあ、○○さんならすっごく仲よしよ」

かなりオーバーに言う私。

「今度三人でごはん食べましょうよ、絶対よ」

などということを言っていたら、今度は○○さんと対談で会うことになった。私は彼の後輩と喋った前の号を見せて言う。

「ほら、あなたと三人でお食事する約束が出来てるの」

この図々しさが功を奏して、三人で会うことになったのだ。名前を出せないのが本当に口惜しい。顔も人気も盛りのお二人である。しかし日にちが悪かった。パリから帰った二日後、明日はタイに発つという日である。原稿はたまりにたまり、体にも脂肪がたまりにたまっている時。もうちょっと後にしてくれれば、エステにも行く時間があったのに本当に残念だ。

無念の思いでとあるイタリア料理店に行ったところ、背の高い二人が入り口で待っていてくれた。

「ハヤシさん、今夜はホスト風に接待しますからね」

とエスコートしてくれる。私は感動のあまり、もう少しで涙が出てきそうであった。

楽しい食事も終わり、私はタクシーでひとり家へ。酔いをさますためにお茶を二杯飲み、徹夜で仕事をした。そして荷物を詰め、六時半にくるはずの車を待った。

そお、今日は「美女入門五百回記念・美女になるタイツアー」出発の日なのである。作文と写真で審査された読者モデル四人とタイのチバソムへと向かう。そこで写真もいっぱい撮られるはずだ。が、こんなにデブになってどうしよう。パリでの生活がいけなかったんだワ。毎晩のようにおいしい夜食とよりすぐったワイン。

おかげでお腹にも、顔にもお肉がついているのがわかる。私はもう一度、担当編集者ホッシーからもらったプリントを読む。

「中で三カット撮影しますので、夏ものを三点ご用意ください」

そーよ、この旅の計画があった時、ホッシーは言ったものだ。

「ハヤシさんにはカッコよく写ってもらいたいから、ヘアメイクつけますよ。いつもの市川さんに同行してもらいましょう。それからスタイリストもつけます。一緒に行ってもらうのは無理でも、あらかじめ服を選んでもらいましょう。服は僕が運びますから」

とか何とか言ってたくせにさ、私の服はどうなってるわけ⁉ サイズがないならないで、はっきり言ってくれればいいのにさッ。

疲れのためにかなり怒りっぽくなっている私である。疲れのためだけではない。自分の服をクローゼットの中から取り出した私は愕然とする。

「人間って、こんなに短期間で、デブになるものであろうか」

今は晩秋である。ということは、夏はついこのあいだであった。それなのにパンツはもう全滅だし、ブラウスはボタンがかからない。仕方なくTシャツとニットを、スーツケースの中にほうり込んだ私である。本当に残念だワ。デブになったばかりに、おしゃれがまるできまらない。読者の方々はどう思うであろうか。

「なんだ、ハヤシマリコって、ただのダサいおばちゃんじゃん」

まあ、これも日頃の生活のツケというものであろう。しかしタイで私は変わる。チバソムというところは、世界中でいちばん美しく素敵にダイエットが出来るところだそうだ。食事もエクササイズ、エステ、マッサージも基本的に宿泊費に込みになっている。お料理は野菜中心のヘルシー料理、お肉や魚も油分と塩分を抜いて調理されるという。

たった三日間であるが、これだけ短期間で太れる私である。短期間で痩せることだって可能であろう。あのイケメン二人とは、おごってもらったお礼に、冬にフグをご馳走する約束をした。それまでに何とかせねばならぬ。パリの肉はタイで落とす。

「見てみィ、女とタイの底力」

私はこう口走りながら、ホッシーが座る成田へのロケバスへと乗り込んだのである。

痩せの秘密

このあいだ昔からの友だち（男）と、久しぶりに会って食事をしていた。彼はうんとお金持ちのエリートと思っていただきたい。

私「このあいだタイに行ってきたんだ」

彼「へー、タイのどこ？」

私「あのね、バンコクから車で三時間のところにある、タイ王室のリゾート地ホアヒン。そこにある、ヘルシー・ラグジュアリー・ホテルへ行ったのよ」

彼「まさか、そこ、チバソムじゃないよね」

私「そう、そう、チバソム」

彼「イヤだなあ。僕はあそこの会員になってるんだ。あそこは日本人もいないし、別天地だよ。あそこで年に五日間滞在して、体と心をメンテナンスするのが、僕の楽しみだったのにィ。どうか取材したり、書いたりしないで。あんな素晴らしいとこ、日本からいっぱい人に来てもらいたくないんだ」

ということであるが、やっぱり書かずにはいられない。

私は断言しよう。ここに一ヶ月いたら、私は間違いなく、スリムでお肌ピカピカの美女に変身することであろう。

読者四人と、アンアン側のスタッフ四人、そして私という合計九人でバンコクのスワンナプーム空港に到着した私。そこからミニバス二台に分乗して、有名なリゾート地、ホアヒンに向かった。ここまで約三時間もかかる。飛行機で行けないこともないけれど、十数人しか乗れないうえに、一日数便しかないそうだ。ホテルに着いた時は、あたりはもう暗くなっている。敷地がやたら広く、移動はカートで。パビリオンと呼ばれるコテージが点在していて、私だけここにひとりで泊まった。後の八人は母屋のホテルへ向かう。

次の朝、私だけ庭をつっ切って、ホテルのダイニングルームへ。

「おはよーございます」

前日も思ったのであるが、わがニッポンチームの美しいこと。美貌、知性ともよりすぐった四人である。

「日本人にあんまり来てほしくない」

などとほざいた私の友人も、彼女たち四人を見たら顔をほころばせたに違いない。朝早い時間だというのに、メイクもコーディネイトもばっちりだ。

ここチバソムは、朝からヨガ、太極拳などのクラスがあるため、たいていのゲストはジャージーか短パン姿である。が、ニッポンチームは決して服装に手を抜かない。みんな可愛いワンピやスカートである。いつものごとく、旅には服を持っていかない私は大いにあせった。

気を取り直して、まずビュッフェのテーブルへ。ここチバソムの食事というのは、なんでもヘルシー料理のコンテストで優勝したことがあるそうだ。肉も魚も出るが、油と塩は使っていない。野菜を中心に考えられたメニューである。

朝食は、茹でた野菜とフルーツがたっぷり。世の中、こんなにシリアルの種類があるのかと驚くほど、コーンフレークやら木の実がいっぱい。プルーンやドライフルーツとミルクをかけていただく。ミルクだけでも五種類。ローファットや、ふつうのや濃いのや、後は英語判読出来ず。ヨーグルトだって何種類も用意されている。頼むとオムレツが出てくるけど、これは白身だけ使ったやつ。

「だけど、やっぱり、ベーコンとかソーセージ、スクランブルエッグも欲しいっスよね」

担当編集者ホッシーがふとどきなことを言う。が、焼きたてのマクロビオティックのパンは、どれをとってもおいしい。こういうホテルに泊まったからには、ヘルシーな料理をとことん味わわなきゃね。

そう、ここのホテルは、三食ついているのだ。夜はこれまたオーダーすると、シャンパンとワインをちょっぴり別料金で。が、わがニッポンチームは、みんないけるクチなのでガンガン飲みましたけどね。

そして次の日から驚くべきことが起こった。病的な便秘に苦しめられていた私に、一食ごとにお通じが始まったのだ。

かの人気者ギャル曽根には、大きな秘密があったそうだ。そう、一日に五回も六回も、大きな方のトイレに行くらしい。瘦せている人は、便秘などとは無縁なのだ。

さっそくアンケートをとったところ、みんなびっくりするほどトイレへ行っているという。ホッシーも、

「一日四回大きいのが出るようになってびっくりです」

と証言している。さすがに会ったばかりの女のコたちには聞きづらいが、いちばん若い女子大生に聞いたところ、やっぱり、

「こわくなるぐらいです」

と顔を赤らめた。

「私たちの体って、すごく食べるものに支配されてるんだねぇ」

つくづく思った。朝、昼、晩と、野菜たっぷり、木の実いっぱいのシリアル、ヨーグルトといったものを摂ったら、私の体はただちに変わっていったのである。

「日本で食べることをないがしろにし過ぎたよ。私は心をあらためる、ホント。それがわかっただけでも、ここに来た甲斐あったっていうもんだワ」

しかしそんな私の殊勝な考えは、いつまで続いたであろうか。以下、次回。

楽園ツアーの反省

世界中からセレブが集まるという、タイのビューティ保養スポット、チバソムの食事は、まるで魔法がかかっているようである。デトックス効果があるということで、野菜中心のヘルシーメニュー。といっても、肉も魚もあるし、ビュッフェではデザートも用意されている。たとえばカッテージチーズだけ使ったチーズケーキとか、甘味は果物だけの焼き菓子とかね。

まあ、おいしいっていえばおいしいし、何よりも出ていくものがスゴイ。病的な便秘に悩まされていた私が、一食ごとにちゃんと出るのだ。前回お話ししたように、担当編集者のホッシーにいたっては、一日に四回だという。

それなのに、人間というのはなんと贅沢なものであろうか。早くも二日めにして、

「油ぎとぎとのラーメン食べたい」

「朝ご飯に、ベーコン、ソーセージが欲しい」

などと言い出したのである。

そんなわけで、ホテルのシャトルバスに乗って街に繰り出した。観光もそっちのけで、行ったところは屋台のタイソバ屋である。ここで豚の内臓がたっぷり入った、濃厚なスープのソバを食べた。が、それだけでは満足しない私たち。屋台の店で、干した魚のおつまみ、ドライフルーツ、揚げたお菓子などたっぷり買ったのである。

「なんて根性のない私たちかしら……」

ため息をついた。

「コンサルタントにきちんとしたプログラムも組んでもらっているのに、こんなに食べたら台なしじゃん」

聞いたところによると、何十キロも痩せるために、水とスープだけで頑張っている人もいるらしい。それなのに私たちは、ホテルの敷地から脱出して、街に買い喰いしに出かけたのである。

「仕方ないですよ。体がこんだけ欲しがっていたんですから。明日から頑張りましょう」

とホッシーは相変わらずお気楽である。後に聞いたところによると、部屋で毎晩編集長と二人、酒盛りをしていたらしい。

さて、ここチバソムのもうひとつのセールスポイントは、七十人以上ものセラピストを揃えたすんごいエステとスパである。私も毎日二つか三つほど組んでもらった。タイのエステといえば、世界でも最高クラスの技術を誇る。ここはヘッドスパから始まり、全身マッサージ、全身スクラブ、タイ式マッサージといろいろメニューがいっぱい。が、難点がひとつあって、あまりにメニューをつめこんだため、ちょっとせわしないことかしらん。たとえば二時からヘッドスパが一時間半あった後、四時からマッサージがあるとする。わりと移動が大変なんですね。

ヘアのトリートメントもあり、施設内のヘアサロンへ出かけた。ここにはオカマ（タイにはすごく多い）のおニイさんがいて、丁寧にブロウをしてくれた。私はとても感動した。だって、ここのヘアサロンでの仕事って、すごくつまらなくないだろうか。みんなコースの中のトリートメントが目的の客ばかりで、カットもカラーリングもない。クリエイトなことが何ひとつない。美容師として、かなりやり甲斐がないと思うが、彼は体をくねらせながら一生懸命やってくれたのだ。本当はいらないんだけど、ついチップをはずんでしまいました。

「サンキュー！」

タイ人独特の、パーッと花が開くような笑顔にちょっと感動。

さて楽しい三日間を終え、私たちは一路バンコクへ。恥ずかしながら、車の中では食べものの話ばっかりであった。

「私ね、トム・ヤム・クン大好きなの。それから春雨がいっぱい入ったタイ風サラダが食べたいなー」

「ほら、魚のすり身を揚げた料理ありますよね。あれもおいしいですよねー」

そんなわけで、バンコクのレストランで食べること、食べること。生ビールをまず注文し、タイ風チャーハン、タイ風焼きソバといった炭水化物もいっぱい。そしてデザートにアイスクリーム、シャーベットでしめくくった。なんかとても幸せな気分になった。

これだけ暴飲暴食したのに、ホッシーは日本に帰ってきたら二キロ痩せていたそうである。私はちょびっと減っていただけだけど、肌の調子がものすごくいい。その前の中国やパリでの疲れもすっかり取れたようである。

「いやあー、楽しかったなあ。あそこにあと一週間いれば、私、かなり変わることが出来るような気がするなァ」

が、もうひとつ反省点が。最終日の晩、総勢九人のメンバーが集まり、私の部屋で宴会をしたのである。あの屋台で買ったおツマミも大活躍。バンコクの空港であらかじめ買っておいたシャンパンやワインを抜いた。ちょっと盛り上がりすぎたため、静寂に包まれたホテルの中、周りの部屋に迷惑をかけたかもしれない。友人の言った「楽園を荒らさないで」という言葉の意味を噛みしめた私である。

おデブのオーラ

私のこのエッセイにもよく出てくる、業界きっての〝魔性の女〟、シンチョー社のナカセさんが大変なことになっている。テレビ朝日新番組のレギュラーになったのである。しかもゴールデンタイムのトーク番組なのだ。

宮川花子さんとか山本モナちゃんといった濃いメンバーに交じっても、ひときわ輝いている。ふくよかな体、三ツ編みからはオーラが出ているようだ……。

「いいよなー、ナカセさんって」

一度だけ彼女に会ったことがある、私の男友だちが言った。

「あの人のお尻みたいな胸、本当にいいよなー」

彼は別に〝デブ専〟というわけではないけれども、彼女の魅力にいっぺんにまいったようなのである。今、柳原可奈子ちゃんがすごい人気であるが、あの体型、雰囲気はナカセさんに通じるものがあるかもしれない。しかもナカセさんは、天才的なウイットの持ち主である。

「そういえば、こんなことがあったよ」

二人で郷ひろみさんのコンサートを観に行った帰り、あまりのカッコよさに二人とも言葉を失い、失いながらもラーメンをすすった時のことは以前お話ししたと思う。やがてナカセさんはきっぱりと言ったのだ。

「もしヒロミさんの前で、ハダカになるようなことになったら、私、自害します」

この話をしたところ、

「なんてかわいい人だ！」

と男友だちは叫んだ。

「さすが魔性の女、ナカセさんだよねー。そういう話聞くと、男はたまらなくなるよ。絶対に裸にしようっていう気持ちになるんだ」

ふーん、そういうもんでしょうかと、モテないデブの私は釈然としない。

そして次第にわかってきた。世の中にはモテるデブと、モテないデブがいるということを。モテるデブの方々をよーく観察すると、幸せに充ちた雰囲気があり、そして肉のつき方がなんかエロティックなのである。私のようにお腹に肉がどっしり、という感じではなく、まず胸に肉がきてる。そして全体のラインが、デブなりにまとまっている、というのが特徴だ。男の人が言う「おいしそうなボディ」なのである。

思うに、私のように自分のお肉をしんから憎んで呪っているデブって、永遠にモテない。私の知っている某有名男性は、酔ってくるとやたら女の人の胸にさわる。平気でぎゅっと握ったりするぐらい。ある時、初対面の「女王」と呼ばれる漫画家のおっぱいをもんでしまい、まわりの編集者が真青になったそうだ。が、「女王」は全く怒っていなかったらしい。その他にも有名人女性何人かが彼の被害にあったが、みんな平然としていたそうだ。

「怒って逃げるの、キミぐらいだよ」

と言われ、ハッと気づいた。知り合いの多少のセクハラに動じるような私ではない。

「私は胸にさわられるのがイヤなんじゃないの。その前にぜい肉にさわられるのがイヤで、逃げちゃうのよね」

そう、モテるデブの人たちって、自分のお肉にそうコンプレックスを持たない人のような気がする。

が、最近私に一筋の希望の光がさしてきたようなのである。ある医療関係のえらい人に会った時、まだ日本では発売されていないサプリメントをもらった。とはいうものの、飲むだけで一ヶ月二キロ痩せるなんて能書きに、何度だまされたことであろうか。

が、私の信頼する美容家の方も、これを大絶賛なのである。飲んだ人は、あまりにも痩せるので怖くなってくるんだと。かといって、怪しいものが入っているわけではない。すべて植物性ということだ。

「これが製造出来るのは、イタリアのその工場だけなの」

今のところ発売はせず、知り合いの百人の女性だけが飲んでいるそうだ。私の場合、体重はそう変化していないが、最近まわりから「痩せた、痩せた」と言われている。

サプリメントはあと七粒残っている。ということは一週間後に結果が出るということであろうか。

「ハヤシさんが続ける気だったら、あと二ヶ月分もらってあげる」

有難いお申し出があった。今はこれにすがるしかない。

ところで今日、テレビ局の人たちが来て「SMAP×SMAP」の打ち合わせをした。そう、「ビストロスマップ」に出ることが決まったのである。収録は十日後。なんとかその時までに痩せないものであろうか。ご一緒に出演することになっている江原啓之さんはきちんとダイエットをやっているようだ。が、江原さんを「ステキ」と言う女の人を何人も知っている。あのふっくらした感じがなんともかわいらしい、ということである。

うーん、だんだん読めてきた。ナカセさんにしても、柳原可奈子ちゃんにしても、江原さんにしても、モテるデブの人たちって笑顔がいいですよね。笑顔こそはデブの武器。デブだと本当にいい笑顔をつくれるはず。私もトレードマークの仏頂面、なんとかしなくっちゃ。

ハートミシュラン

ついにミシュラン東京版が発表になった。三ツ星になったレストランが八軒もあると言って、みんなが騒いでいる。

「ハヤシさんってすごいですねー、ほとんどが行った店じゃないですか」

とハタケヤマが言った。確かに八軒のうち、一軒を除いてみんな一度は行ったことがある。中にはごヒイキのところだってある。

「そうよねー、私ぐらい食べるもんにお金遣ってる女は、あんまりいないと思うもんねー」

ふんと鼻を鳴らす私。そお、何度も書いているとおり、私は自腹で食べる女なのよ。あんまり人におごってもらうのは好きじゃないのよ。

私のまわりには、自分で払うことが恥だと思っている女がいっぱいいる。

「私とごはん食べたい男はいっぱいいるのよ、みんなが食べたがってんのに、どうして私が払わなきゃいけないのよ」

が、こちらと食べたがっている男の人と一緒に食べることぐらいつまんないことはない。だ

あーた
グルメなんて言われても〜
いいこと
ないですよ〜

ってたいていが仕事関係になるし、あるいはつまらないオヤジですからね。

私はこっちが「食べたい」男の人と二人きりで行くのがいちばん好き。だからこそ店選びにはとてもうるさい。

デイトということになり、店の選択をこちらで任される時、まず私は和食店は選ばない。なぜならたいていの場合、和食屋の照明はひどいからである。

西麻布に有名なフグ屋さんがあるけれど、ここの照明ときたら、蛍光灯がこうこうとつく。どんな女だってブスに見える照明だ。ここで男の人とごはん食べた時、本当に落ち着かないイヤな気分になった。向かい合う彼の顔が青白く、とてもブオトコに見えたからだ。シワだってはっきり見える。ということは、こっちだって同じように見えているということである。おかげで、次の飲むとこに行くこともなかったし、帰りの暗がりで手を握られることもなかったワン。

手を握る、といえば、店を出た後の暗がりもぜひ欲しいところですね。店を出たとたん大通りで車がビュービューというのは、絶対に好きになれないシチュエーションである。

代官山のある有名イタリアンは、崖の下にある。上に出るには暗い道を抜け、ツタのからまる古い階段（ここも暗い）を上がっていかなきゃならない。私の男友だちによると、「チュウスポット」が、車が拾えるところまで三ヶ所あるということだ。

今回三ツ星に入ったフレンチレストランは、白金のプラチナストリートを一本入ったところにあって、とてもいい感じ。また夜のプラチナストリートはすぐ人けがなくなるので、二人が食事を終えた後、ぶらぶら歩くのには最高だ。

そお、蛍光灯の下で食べさせて、ドアを開けると車がブンブン通るところなんて、私のハートミシュランの中では、星ひとつもあげられません！

さて、私はいつもフレンチやイタリアンやフグばっかり食べているわけではない。カロリーが心配でめったに食べないが、ラーメンやカレーといったものも大好き。

おとといのこと、私は新潟へ二泊の旅に出た。何しに行ったかというと、私が所属する文化人の団体「エンジン01」のオープンカレッジが新潟で開かれるからである。

仲よしの脚本家、中園ミホさんと一緒だ。

「新潟はお酒も食べ物もおいしいから、本当に楽しみだワ」

とミホさん。が、私は固い決意のほどを見せる。

「このあいだ『いつまでもデブと思うなよ』を書いた岡田斗司夫さんと対談したばっかりなの。あれ以来、自分の食べたものをメモして、体重も毎日はかってんのよ。自分の食べたものをメモすると、やっぱりいっぱい食べられないわよねー」

そして新潟の駅に到着し、すぐに会場に向かった。控え室には軽食が用意されてたのであるが、なにか物足りなく、すぐに目の前のラーメン屋へ行った。実は新潟はラーメンがとてもおいしいところなのだ。チャーシューメンを食べ終わって帰ってみると、さっきまでなかった鮭のオニギリがいっぱい。そう、思い出した。大会委員長の私は、地元の人と打ち合わせ中、「他には何もいらないので、コシヒカリの新米のオニギリを、昼食にいっぱい並べといてください」

とリクエストしていたのだ。それが今、運ばれたわけである。新米のオニギリは、白くぴかぴかに光ってとてもおいしそう。私は二コ食べた。デザートの、名物笹ダンゴもおせんべいも食べた。

そして夜のウエルカムパーティでは、新潟のおいしいものがこれぞとばかり並んだ。屋台のボタン海老やイカの握りずしは、二皿ずついただいた。そしてお刺身、のっぺ汁、ブリ大根に鮭のオニギリ、地元の名酒がいっぱい。ローストビーフにサラダ、それからこちらでとれる洋梨と柿……とても書ききれない。そお、あの秘密の手帳にも書ききれなかったワケ。

そして私のダイエットは早くも挫折しつつある。手なんか太っちゃってグローブみたい。なのに、ネイルアートしたもんだから笑っちゃう。

手も握ってもらえないのは店のデザインのせいじゃない。ひとえに私のせいです、ハイ。

魔性の女は体力勝負

最近私のまわりの〝魔性の女〟たちがどんどん結婚していく。ずうーっと独身のまま恋を楽しんでいくかのように見えた彼女たち。それが突然「運命」という言葉に導かれるようにして結婚していくのね。

中でもきわめつきは、何といってもナオミ・カワシマであろう。そお、三人の女たちで結成している〝魔性の会〟のメンバーである。

メールが入った。

「今夜のバースデーパーティ、絶対に来てね。彼を紹介したいの」

彼にももちろんおめにかかりたいけれども、彼がつくる日本一のケーキを食べたいな。今夜はきっと、愛するフィアンセのために特製のバースデーケーキをつくるはず。

さっそく会場のレストランへ行ったら、ピンク色のドレスを着たナオミさんが、シナモンに愛の手紙を読んでいる最中であった。私は知らなかったが、今夜は愛犬シナモンの誕生日でもあるのだ。

「いつかあなたとお別れする日がくると思うと、それだけで悲しくつらい……」

なんとナオミさんは、手紙を読みながら涙ぐんでいるのである。人に抱かれてじっと聞いているシナモンも、じっとしているだけでなく、つぶらな目をうるうるさせているではないか。ちゃんとナオミさんの言葉が理解出来るかのようだ。

そしてシナモンちゃんのために、小さなバースデーケーキが運ばれ、みんなでハッピーバースデーを合唱。それはいいとして、人間サマのバースデーケーキは、いったいいつ食べられるんだろうか。

が、なかなかナオミさんの彼もケーキも現れない。私は諦めて家に帰ることにした。全く残念であった。が、次はきっとウエディングケーキをいただけることであろう。

それにしても、ナオミさんってさぞかし彼を甘やかしているんだろうな。私が思うに、魔性の女というのは自分が甘えるのがうまいんじゃない。相手を甘やかすのがすごくうまいのである。相手を男のコ扱いして、ママみたいにする。もお、男の人はトロトロになってしまうはずだ。

つい先日も、もうじき結婚する〝魔性の女〟とそのフィアンセと食事をした。鍋をつついたのであるが、本当にバカらしくなってきた。

「ほら、○○ちゃん、もっとお野菜食べなきゃダメよ」

「豆腐、熱いかも。ちゃんとフーフーして食べてね」

などと、いい年をしたおっさんに向かって言っている。そもそも〝魔性の女〟って、男を甘やかしたり、つきはなしたりするかね合いが天才的にうまい人たちだが、結婚する相手というのは、もう駆け引きをしなくてもいい。私も憶えがあるが、男の人と駆け引きをしなくて済むというのは、なんともいえない安らぎと幸福を女にもたらしてくれるものだ。もういちゃついていさえすればよかったあの頃。そう婚約期間という、ほんの短い黄金のようなひととき。それが結婚したとたん、男と女の駆け引きというよりも、家の中の権力闘争になっていくのである。

私は婚約中、夫とかわした甘い言葉や手紙のことを思い出すと、恥ずかしさのあまり死んでしまいたくなる。今は小言ばっかりのおじさんに、どうしてあんな手紙を出したりしたんだろう。また信じられないことに、あのおじさんが、どうしてあんなことを口にしたのか。とても同一人物とは思えない！　それはかつての恋人が、急に冷たくなったという変身とはまるで種類が違うものである。とにかく恥ずかしいワケ。

ナオミ・カワシマも、いつかこの恥ずかしさをわかってくれるかしら。いや、あの人ならそういうことがないかもしれないな。

ところで全然話が変わるが、ある男の人に言われた。

「ハヤシさんって、帰る時間が早過ぎる人だよ。朝が早いからって、ごはん食べるとパーッと帰るだろ。あれってよくないよ」

「だって私、夜の十時過ぎると、本当にねむくなるんだもの」

「あのね、僕の友人の遊ぶやつが言ってたけど、勝負は午前四時だって。この時間まで女が一緒にいてくれたら、絶対にオトせるんだって」

午前四時といえば、もう朝ではないか。そんな時間まで一緒にいたら、化粧は落ちるし、ぐちゃぐちゃになる。絶対にいたくないな。

「それならば、せめて夜中の十二時までは一緒にいなよ。そうしなきゃ、何も始まらないよ」

別に私は、ナンカ始まってほしいわけじゃないが、出来るだけ真夜中近くまでいようと心をきめた。

そして三日前のこと、男性二人、女性二人というメンバーで食事に出かけた。いつもはワインだが、和食屋だったので熱かんを頼んだ。これがおいしくてがんがん飲んだ。その結果、私は家に帰ってから、ゲロしてしまったのである。私がゲロするなんてめったにない。五年にいっぺんぐらい。ここんとこ、痩せるためのサプリメントをあれこれいっぱい飲み過ぎたせいかしら。いや、やっぱり夜ふかしのせい。〝魔性の女〟になるには体力が勝負だ。ただしデブはダメだけど。

芽を出せ！　美女の種

「顔ちぇき！」というのを一度やってみたかった。そお、自分の顔を写メールで送って、どんな有名人と似ているか、調べてもらうやつである。合コンの時なんかこれをやって、ものすごく盛り上がるそうだ。

「私もやってみよー。やっぱりハヤシマリコっていう結果が出るのかしらん」

と若いコに言ったところ、

「いやー、そんなことはない。美人のタレントか女優に限られてますよ。それもみんなの知ってる若い人ばっか」

だと。そお、失礼しました……。

さて「顔ちぇき！」をしたいのだが、メカに弱い私はどうやってアクセスしていいかわからない。年下の女友だちがやってくれた。彼女は大声をあげる。

「ハヤシさん、すごいじゃん。いちばん似ているのは片瀬那奈ちゃんだって」

と言われても、とっさにすぐに顔がうかばなかった。後でテレビでチェックしたら、すごく

可愛くてびっくり。私とは全く共通点がない！　いったいどういう基準で選んでいるんだろうか。顔の輪郭で決まる、と言う人がいたが、あっちは綺麗なうりざね顔である。

そお、那奈ちゃんに次いで似ていると言われたのが、本上まなみさんであった。あ、怒らないでください。まなみさんのご主人はマガジンハウス勤務で、私の以前の担当者なのである。私も本人に何度もおめにかかっているが、正真正銘の美女。髪の毛ひと筋も似ているとは思えない……。

「だけどメカは、鋭く私の顔の中の、美女の種を見つけているのかもしれないワ」

そして美女種（地中に深く潜んでいるだけの）を持つ私は、相変わらずすっごく忙しい。そお、タレント並みのグラビア撮影とテレビ出演が続く。

テレビはあんまりデブに映るので、もう出るのをやめようと思ったのであるが、「ＳＭＡＰ×ＳＭＡＰ」と聞いてとびついた。

そりゃあ、そうでしょう。ＳＭＡＰのメンバーに会えると聞いて断る女がこの世にいるだろうか。

「ＳＭＡＰ《スマ》×ＳＭＡＰ《スマ》に出るの」

とみなに言いふらしたら、みーんな「付き人」を志願したものである。今度、江原啓之さんと対談集『超恋愛』を出すことになっているので、二人で出演することになった。私は「コチ」という魚、江原さんは海草をオーダーしたところ、どちらもすごくおいしかった。私たち二人は出されたものを声もなくたいらげ、すべて完食した。

「まるで呼吸するかのように食べますね」

とメンバーの方々が驚いたものである。そお、テレビに出ていることをすっかり忘れて、食べることに没頭してしまった私たち。何もかも忘れ、食べに食べた。

たぶん女優さんやタレントさんたちは、テレビ映りを考えて、ちょっと箸をつけ、食べるふりをしてるはず。私はまだまだ修業が足りない。プロの美女にはなれないと私はおおいに反省した。

が、「顔ちぇき！」で確認された私の中の美女種、これをどう育てるか、非常にむずかしい。

この頃私は多くの人々に言われる。

「ハヤシさん、もうダイエットしてないの」

心はあるの。心はあるんだけど、手と口が勝手に動いてしまうの……。

そんなある日、私はあるパーティに出かけた。ふと顔を上げると、男の人の中に交じって、ある男の人の顔が……。おかしな言い方であるが、その中でもひときわ目立つ彼の顔。

そお、「私の女の歴史上、最強の私好みの顔」のA氏である。秋元康さんはいみじくも言ったことがある。

「ハヤシさんは官僚顔が好きなんだよな。クールで知的な細面のハンサム」

そのA氏はまさしくジャストマイタイプ！　どのくらい私好みかというと、常々「男の趣味

が全く一緒」とお互いに認め合う脚本家の中園さんが、全く別の場所でこのA氏を見たことがあるそうだ。その時、

「なんて私好みなの！　ということはハヤシさんの好みでもあるから、すぐに教えなきゃ」

と興奮したというぐらいである。

私はもちろん、とうの昔に、このA氏とデイトを重ねていた。が、こっちとの仲が深くなる前に、あちらには深い仲の女性がいることが発覚した。それが時々マスコミに出てくるほんとにつまんない女。どのくらいつまんない女かというと、かの山田詠美さんが（この回はやたら有名人が登場する）、

「ねぇ、ねぇ、ハヤシさんがアンアンのエッセイに書いてた、ギョーカイのサイテイ女って誰？」

って聞いたので、ヒントをふたつ出したらすぐに彼女の名をあててくれたぐらいだ。

その女のことを問いつめ、すっかり怒った私は、彼の電話番号、メールアドレスを私のケイタイからすべて抹消した。もう私の人生の中にはいない人だと思うことにした。

が、パーティで会った後、彼からメールがあったではないか。ということは、あっちは私がさんざん悪口を言ったのに、私のメールアドレスを消してなかったということね。

私の中の種が動き出した瞬間である。このままではいけない。芽を出すのだ。

「顔ちぇき！」が証明したではないか。美女と似ていると。春を待て。

知りたいな、ワタシ色

この秋、カシミアの黒のジャケットを買った。とてもお高かった。が、どんなものにも合う。流行のヒカリモノのスカートと組み合わせても、品よくまとまった。

が、このジャケットが突然行方不明に。私はチョロランマと呼ばれる、私のクローゼットに踏み入った。ここはあふれる洋服のため回転ラックが途中でひっかかり、床は見えず、いろんな服のハンガーがタコ足的にかかっているという悲惨な場所。が、ここでは発見出来ず、バスルームの横の小さいクローゼットに。が、ここにもない。それではと、仕事場のクローゼットへ。が、やはりここでも発見出来ず、最後に玄関のコート掛けへ行った。このコート掛けはポール型のかなり大きなものであるが、コート以外にクリーニングから戻ってきたもので盛り上がっている。が、ここにもなかった。

私の新しいジャケットはいったいどこへ……。しかし収穫はあった。忘れていた服が何枚か発見出来たではないか。

二年前に買ったシャネルの黒ジャケットなんか、まだまだいける。プラダのニットとかもど

っちゃりあるじゃん。

何度も言ったり書いたりしているが、私は毎シーズンものすごい量のお洋服、靴を買う。そして昨年買ったものはすぐに忘れてしまうから、その中でだけやりくりする。おまけにチョロランマの中に入り込むのは困難なので、ドア付近、手の届く範囲内でのコーディネイトになる。だからいつも同じ格好になる。なんだかパッとしない。そして考えた。

「私って本当に、似合う服を着ているんだろうか……」

私はいつもミニマリズムに徹したシンプルな形で、黒、白、グレイといった服を着ているが、本当に似合っているのかしらん。好きな服と似合う服は違うんじゃないかしらん。

私がこんなことを思ったのには理由がある。

先日、『いつまでもデブと思うなよ』がベストセラーになっている岡田斗司夫さんと対談した。そこでいろいろためになるお話をうかがったのであるが、びっくりしたのは岡田さんがとてもおしゃれなことであった。〝おたく〟と聞いていたのに、ものすごくセンスがいい。黒に近いこげ茶のジャケットに、明るい茶色のニット、ネックに黄色のインナーをのぞかせているのがものすごくバランスいい。

「スタイリストがついてるんですか」

と尋ねたところ、カラーコーディネイターのおかげです、とおっしゃる。

「痩せた時、洋服の選択が拡がったんで、プロのコーディネイターを頼んで、自分に似合う色を教えてもらいました。その結果、僕は秋の色が似合うことがわかったんです。ベージュ、黄色、モスグリーンですね。今日着てるものは全部ユニクロなんで、金はかかっていませんよ」

岡田さんを見習ってダイエットしなきゃいけない私であるが、その前にカラーコーディネイトっていうやつをしたいな。私に似合う色というのを知りたいな。

そんなわけで岡田さんからさっそくご紹介いただき、カラーコーディネイターの人と連絡をとった。本当は事務所に行くらしいのだが、引っ越しの最中ということで家に来てもらった。

化粧を落とし、首のまわりをタオルでおおい、髪はバンドでとめた。そしてコーディネイターの人は、私の顔の下に、ノート大の色見本を置き、次々とめくっていく。

「ハヤシさん、自分の顔の色に注目してください」

なるほど色見本が変わるたびに、私の顔色はパッと明るくなったり、ヘンに赤黒くなったりする。暗い色を置いたからといって顔色が暗くなるわけでもなく、明るい色だから明るくなるというわけでもないのが不思議なところ。その結果、

「ハヤシさんは夏の色ですね」

と言われた。ひんやりした色、ペパーミントグリーンや、ライトブルーが私に似合う色だというのだ。

「だから髪のカラーリングも、ひんやりとしたもっと黒に近い色にした方がいいですよ」

ということであった。

私は再びチョロランマに分け入った。が、私はその色をほとんど持っていないのである。だがそんなに気にすることはないらしい。

「顔のまわりのさし色だけでも夏の色にしておけば大丈夫。今度ユニクロに一緒に行きましょう。カラーチャートみたいに色が揃っていますからね」

ということであった。なんだかスッキリしたような気分。

色のことばっかり考えていたら、行くことになっている小人数のパーティの注意書きが届いた。紫色のものを必ず身につけてきてくださいですって。

私は買ったばかりのジルのフレアスカートを着ていった。これはすごく綺麗なパープル。パープルは今季の流行色でもある。

一緒に行った友だちは、紫のものがないのでリングとブレスレットをその色にしていた。

時々パーティで、色の指定があるけれど、私、ああいうのって好き。昔、「ピンク色のものを身につけること」というルールのパーティがあり、大きく背中が開いたドレスのストラップの一本だけをピンクにしたこともあったわ……。

なんて気取ったことを書いても、黒のジャケットはまだ出てこない。色を考える前に、このだらしなさを何とかしろやい。

東大生はKY!?

あけましておめでとうございます。さて昨年（二〇〇七年）のいちばん大きなニュースといえば「SMAP×SMAP《スマスマ》」に出演したことであろう。おかげで、私はいっきに人気者になった。

近所の人やママ友からも、

「見たわよー、すっごーい。うらやましーい」

と声をかけられるのである。

本当に「スマスマ」って、国民的人気番組なんですね。お世辞だとわかっているけれども、メールもいっぱい届いた。

「すっごくキレイだったワ」

「照れてるとこがカワイイ」

「食べっぷりもいいワ」

いろんな人から誉められて、私はすっかりいい気分になった。そんなある日、用事があって弟の家に電話をかけた。ヨメが出てきた。いつもの明るい声で、

「あー、マリコさん、『スマスマ』見ました。うち中で見てたんですけど、マリコさん、また太りましたね」

「………」

正直ムカついたけれども、こんなことを言ってくれるのも身内ならではのことかもしれない。それに「スマスマ」に出たおかげで、江原啓之さんとの対談集『超恋愛』は、発売前から大増刷！

そうそう、このページをまとめた美女入門PART7『美か、さもなくば死を』は昨年十一月に発売したが、こちらもすごく売れてる。これというのもアンアン編集部で、タイに連れていってくれたりと、大キャンペーンを張ってくださったおかげだ。ありがとねー。去年は出した小説が全滅だったけど、マガハ（最近マガジンハウスのことをこう呼ぶらしい）のおかげで、年を越せました。ハタケヤマにもボーナスを出せました。

しかもオイカワ編集長は言った。

「ハヤシさん、もう一度すっごい美人グラビアを撮りましょう」

ということで、わざわざホテルのスイートルームを借りて「マリコさまご近影」を撮ったわけだ。カメラはいつものように今や美人を撮らせたら日本一と言われる、社カメ（これは社員カメラマンの略）のテンニチさん、そして編集者はホッシー。あれ、この若い男のコは初めてじゃん。

「編集部のN西です」

N西といったら、岩井志麻子さんが可愛がってよくネタにしていた人ね。確かいつも「童貞」という枕言葉がついていた。

「あなた、本当に童貞なの」

とつい聞いて、それから彼の身元調査をすることになった。N西クンは東大卒で、その前は四国の中高一貫校に通っていたそうだ。そこの男のコたちは、東大に入るために牢獄のような寄宿舎に入れられ、朝から晩までずっと勉強をしていたそうだ。女教師もいない。司書のお姉さんも、保健室のセンセイもいない。いるのは掃除のおばちゃんと、給食センターのおばちゃんだけ。しかし少年たちの性欲は健やかに育ち、おばちゃんたちにラブレターをせっせと書いていたそうだ。

なんていい話だろうか。こういう話を聞くと、私もまだまだいけるかもしれないと思う。そういえばイタリアやフランスのマダムというのは、伝統として若い男のコに性の手ほどきをするそうである。私はもちろんそんなことはしませんが、若い男のコに、心理的な面はお勉強させてあげてもいいかも。

「それであなたは、すっかり年増が好きになったわけね」

「いいえ、ボクは若いコにしか興味がありません」

とキッパリ。うちの弟のヨメもそうであるが、世の中にKYの人はすごく多い。N西青年はその典型のようだ。私も東大卒の友人が何人かいるが、大部分がＫＹですね。やはりまわりに気を遣ったり、あたりの空気を読む繊細さがあったりすると、とても東大なんかは受からないようだ。わが道をいって勉強し、男も女も少々カワリモノ、と言われている人が多い。

ふつうこういう場合、年上の私に気を遣って、

「いやあ、ある程度年をいった方にも魅かれますが、好みは若いコですかね」

ぐらいのことを言うでしょう。

「ボク、パーカが似合う女のコがタイプなんスよ。ひと頃のヒロスエみたいにですね」

「あ、彼氏のオートバイにのってて、こういう風に口をとがらせてるやつ」

実際私がそういう唇の形をしたら、相手は完全にひいてた。

「パーカが似合うっていうんなら、イチカワさんなんかいいじゃないの」

彼女はその日も私がお願いしていたヘアメイクさん。自分がモデルになった方がいいぐらいの美人である。

「イチカワさん、いいスね。美人スねぇ」

彼は目を輝かせた。

「ハヤシさん、合コンセッティングしてください。イチカワさんと飯くわせてくださいよ。ハヤシさんも来てもいいですから」

弟のヨメもそうだけど、こういう風にＫＹの人が私はやっぱり嫌いだ。

福岡の美人三姉妹

昨年（二〇〇七年）、選ばれた美人読者モデル四人とタイに旅行したことは、すでにご存知だと思う。

チバソムという、美女をつくるためのトレーニング＆スパ施設で、それはそれは楽しい日々を過ごした私たち。

読者四人はどなたも美しくかわいかったが、中でもオイカワ編集長とホッシーの関心を集めたのが、Mさんかもしれない。楚々とした誰からも好かれるお嬢さんタイプ。もし合コンに交じっていたら、男の人がいちばん狙うタイプでしょう。

しかも彼女は衝撃の発言をした。

「私、三人姉妹の末っ子です」

「えっ」

「本当！」

と、目がキラリと光る男ふたり。

そして、私はこのあいだ一枚のファックスを受け取った。ホッシーからであった。

「ハヤシさん、今度の『美女入門PART7』のサイン会、福岡にしませんか。今だったら魚がおいしいですよ」

そしてこんな文章が続けられていた。

「あちらでは、Mさんの姉妹も合流していいでしょうか。一緒に食事でもしたいと思っています」

こんなにわかりやすい人たちがいるだろうか。私は感動してもちろんOKした。

マガジンハウスの書籍の人たちからは、

「どうしてサイン会、都内でしないで博多でするんですか」

と不思議がられたが、こういう理由があったんです。

そして私はつくづく思った。男は美人に弱いが、美人姉妹というのにはもっと弱い。何しろ対象物が、何倍にもなる。いや、何乗にもなるわけだ。しかも彼女たちは仲がいいときている。あたり前だ、姉妹なんだから。ふつう、女の人が何人もいる場所では、男の人をめぐって、女たちは牽制し合ったり、あるいは腹のさぐり合いをする。が、姉妹の場合、よっぽどいい男で競争心が芽ばえない限りは、笑いさざめき、楽しそうにしている。男だったら、こういう中にいっぺん参加してみたいと思うのではないだろうか。

が、M姉妹は別として、私が知っている限り、女きょうだいが同じレベルにいることはあまりない。芸能人でいえば、石田ひかり、ゆり子姉妹などはレアケースであろう。たいていの場合、どっちか先に売れていると、間違いなく文字どおり〝エンポリオ〟になってしまう。一般的にも、どっちかが美人、どっちかがそうでもない、ということはよくあるようである。こういう場合、そうでもない方はかなり屈折してきて、かなりかわいそうなことになるのは、ご存知のとおり。よくドラマのネタにもなる。

これが三人の姉妹だと、いろんなものが分散されるので、わりとうまくいくようだ。

昔、あるプレイボーイが私にこう言ったことがある。

「三人姉妹の末っ子っていうのは、かなりの確率で遊んでるね。夜の遊び場で、うんと派手なコって、聞くとたいてい三人姉妹の末っ子だよ」

そう言われてみると、確かにそれってあるかも。私の知っている末っ子は、上のお姉さん二人はすごく厳しく育てられ、早めに結婚したが、彼女だけは留学を許され、外国人の恋人を何人も持ったと記憶している。そして三人姉妹の末っ子というのは、これまたかなりの確率でいちばんかわいい。美人はお姉さんに譲っても、愛くるしい、俗にいう「男好きのする」タイプということになる。しかも最近は少子化が進んでいるので、このかわいい三人姉妹の末っ子というのは、もはや希少価値かもしれない。みんな九州まで行くわけだ。

ところで昨年の春、お派手なパーティにいっぱい出たが、そこでのイブニングドレス率の高いことに驚いた。「ブラックタイ」という指示があっても、おおよその場合、日本ではかなりカジュアルダウンして、女性の場合はスーツやワンピースが多い。

ところが二千人もセレブがいらしたという、ペニンシュラホテルのオープニングパーティでも、裾をひきずるイブニング姿がいっぱい。しかも若いコで、ちゃんとサマになっている。ファッションに詳しい友人が言うには、

「みんな海外でイブニングドレス買ってくるけど、着る時が少ないから、そういう時になると張り切ってドレスアップするんじゃない」

ということであった。

が、あんな風に肩や背をむき出しにするドレスなんか、寒がりの私にはまず着られません。素足にパーティシューズにもため息……。ピンヒールで長い裾で歩くのも、まず無理だナァ。私はタイツがないと外に出られません。

そこへ行くと、三百六十五日、真冬だろうと雪が降ろうと、いつも露出度満開のイブニングドレス姿の叶姉妹って、かなり頑張ってやしないだろうか。姉と妹、

「お姉さま、がんばって」

「美香さん、しっかり」

と励まし合っているんだろうか。

とにかく福岡のM姉妹にお会いしてきます。M嬢、冬でもノースリーブかな。

夢世界タカラヅカ

この何年か、宝塚のゴールデンコンビといえば、なんといっても和央ようかさんと花總まりさんであった。

それほどのヅカファンではない私でも、お二人の舞台は何度も観に行った。特に「ベルサイユのばら」の素晴らしかったこと。花總さんのマリー・アントワネットと、フェルゼン役の和央さんとのラブシーンは、まさに宝塚史上に残る名舞台であった。

和央さんは長身に小顔という、まさに男役の理想のような人。脚も信じられないほどの長さで、とにかくカッコいい。

そして和央さんと夢のコンビを組んでいた花總さんもその美しさは絶品であった。この方、もともとすごいお嬢さまなので、しぐさに気品が溢れている。特に「エリザベート」が絶品であった。正装した皇妃エリザベートが後ろを振りむいた時、劇場内からいっせいにため息が漏れたぐらいだ。

このお二人、惜しまれながら一昨年（二〇〇六年）退団された。その後も和央さんはコンサートなどで活躍され、大型時代劇映画の主役を演《や》られることになった。映画初出演でいきなり

主役なのだから、いかに和央さんがスターかということがわかる。

この映画にちなんで、和央さんがトークショーをなさることになり、その相手にと、声をかけていただいた。私はもちろん大喜び。あの和央さんにお会い出来るなんて本当に嬉しい。なにしろヅカファンというのは序列がしっかり決められていて、「楽屋待ち」をする時も、下っ端のファンは遠くから見ているだけ。お側に近づけるのは幹部級のファンと決められているのだ。まぁ、私なんか〝抜けがけ〟もいいとこ。

そして先日、和央さんが主演なさる映画「茶々」をさっそく観に行った。すると近くの席に知人のA子さんがご主人と来ていてびっくり。彼女のことは昔からよく知っていたが、ヅカファンとは知らなんだ。なんでもハマったのは最近で、特に和央さんの大ファンだという。

「今日、舞台挨拶されるというので、ツテを頼ってなんとかチケットを入手しました」

とのこと。

そして着物姿の和央さんがステージに上がられた。相変わらず美しくカッコいい。

そして映画が終わった後、みんなで控え室へ。その時、黒いパンツスーツの美女が私に近づいてきて言った。

「ハヤシさん、お久しぶりです」

「あ、あなたは」

かつて一度だけおめにかかった花總まりさんではないか。

「今は和央のマネージャーをしております」

と名刺をくださった。私はびっくり。が、和央さんに会えて涙ぐんでるA子さんや、いろんなヅカファンに後で聞いたところ、そんなの、とっくにみんな知ってる常識なんだって。

「花總さんほどの人なら、引退しても引く手あまたなはずなのに、友情の力ってすごいですねぇ……」

とみんな感心していた。

が、私はキャリアウーマン風に、きりっとしたパンツスーツの花總さんの美しさも素敵だと思った。あえて芸能界に入らず、芸能ビジネスに身をおこうという彼女の生き方。それもいさぎよくてカッコいいではないか。

さてあの「ベルサイユのばら」の舞台で、マリー・アントワネットの少女時代を演じた美少女あくらも、昨年結婚して今はヒトヅマとなっている。ヨーロッパ、東京、北海道と移動して、相変わらずセレブな日々だ。

「東京にいるなら、和央さんとのトークショー、くる?」

とメールしたところ、「行く、行く!」とすごいリアクションがあった。彼女は後輩として和央さんに可愛がってもらっていたのである。

というわけで、これからトークショーに行ってきます。それにしても宝塚の人たちっていいですね。辞めても先輩後輩が仲がいいし、結婚する人はたいていお金持ちとする。

つい先日のこと、友だちとランチしていたら、

「娘がやっぱりどうしても受験したがってるの」

という話になった。彼女のお嬢さんはずっとクラシックバレエを習っていて、小学生の頃からすっかり宝塚のトリコになった。中学校三年になったらどうしても受験するといってきかないそうだ。

「せっかく大学までのエスカレーター式の女子校入れたのに、中卒になってしまうのつらいわ」

「だったら高校卒業まで待てばいいじゃないの」

「それまでどうしても待てないっていうの……」

が、私からしてみると贅沢な悩み。彼女も美人、お嬢さんもすごい美少女だからである。しつこいようだけど、宝塚って本当にいいですね。関わる人たちがみんな美人なので、こちらまで心ゆたかないい気分になってくる。宝塚のことを話題にする時、みんなとてもいい表情になってる。私のまわりのキャリア女性が、とことんハマるのも頷ける。他にはないやさしい夢の世界だもん。

デトックスは神さまのお告げ！

暮れは忙しくてまるっきり時間がないため、うちの大掃除はお正月休み、ということになる。

買ったばかりのジャケットが、行方不明になっていたことは既にお話ししたと思う。この捜索もかねて、チョロランマの中に分け入ることにする。

チョロランマ、わが家の秘境、人が踏み入ることが出来ない場所、そお、私のクローゼットである。回転ラックが途中でひっかかり、足首まで衣服で埋まる。

中まで入ることが出来ないため、ドアを開け、手が届く範囲での収納ということになった。それもタコ足ハンガーになり、ひき出しのとっ手を使うように。おかげでひき出しは全く使えないという状態になっている。

とにかくラックがまわるようにしようと、半日以上がんばった。その結果、行方不明のジャケットはもちろん、出てくる、出てくる、洋服、小物の数々。記憶にないジャケット、スーツ、ワンピもごっそり。インナーなんて、それこそ小山が出来たぐらいだ。ジャケットに合わせて買ったものであるが、ブランドのいいもんばっか。これってとてもインナーとは思えない値段

ハヤシさん
こんなに細いもん
本当に着てたんですか？

だよね。

そして数にも驚いたが、それより私がひぃーっと大声をあげたのは、服の細さである。三年前、私がいちばん痩せていた時お気に入りだった、アルベルタ・フェレッティのスーツやスカートなんか、

「いったいどなたがお召しになっていたのかしら」

と言いたいぐらい。

スーツをハタケヤマにあげたところ、ふつうサイズの彼女にぴったりではないか。

「ハヤシさん、本当にこんなの着てたんですかぁ」

と彼女も感慨深げだ。

が、ここで問題が。大掃除という慣れないことをしたため、すっかり気分が悪くなったのである。もともと風邪気味だったところ張りきり過ぎたからに違いない。

近くの医院に行ったら、久しぶりに会った院長が言った。

「ハヤシさん、急にそんなに太ってどうしたの。五キロや六キロの太り方じゃないでしょう」

という厳しいご指摘であった。そういえば人間ドックにもずっと行っていない。不安になり血液検査をしてもらうことにする。しかし糖も中性脂肪も全く問題ないという。

「だけどハヤシさん、絶対に太り過ぎ、太り過ぎだよ。一緒にお昼におソバ食べたことあるけどさ、ハヤシさん、食べるスピードがすごく早いんだよね。あんな食べ方しちゃダメだよ」

といろいろご注意を受け、しょぼんとして帰ってきた。

そしてその夜、風邪のウイルスがお腹にきたらしく、下るわ、ゲロっぽくなるわで最悪の状態に陥ってきた。この私がまるっきり食欲を失くしてしまったのである。食べ物を見ただけで、胸がムカムカするなんて、ツワリの時以来だワ。これを機にいっきにダイエットしなくては……。しかし問題があった。風邪になる前に大喰いのスケジュールがしっかり組まれていたからである。

一日めはお鮨屋さんのカウンターを予約していた。これは私がご招待したもので、とてもキャンセル出来ない。

「体調が悪いので、少なめに」

と言っていたにもかかわらず、白身やトロのおつくりがたっぷり盛られる。箸をつけないのも悪いので、仕方なく口にする。つらい、苦しい……。が、このつらさをよーく、憶えておくのだと、私は自分に言いきかせる。

「食べることは決して楽しくない」

ということを、よーくインプットしておけば、私もかつての体重をとり戻すことが出来るかもしれない。

そして二日めは、超豪華なフレンチ。いつもだったらコースでごっそり食べるのであるが、アラカルトにしてもらった。それもあっさりと魚料理とサラダにした。

「そうか、こういう風にすればいいんだわ」

私は思った。

「いつもだったら、チーズ、デザートっていくところだけど、アラカルトでシンプル、ローカロリーっていうことでいいんだワ」

こうして賢くなった私である。

思えば今年（二〇〇八年）は新年早々、さまざまなデトックスが行われた。まずクローゼットのデトックス、そして私のカラダのデトックス。

あの院長はおっしゃった。

「吐くのを我慢したり、下痢を止めたりしないようにね。こうして体の毒が抜けてくんですから」

今年の正月、田舎の実家で過ごし、他に何も楽しいことがないので、つい食べ物に走った私。ひからびた栗キントンも、固くなったお餅も、もったいないとぱかぱか口に入れてた。

「誰か私を止めて。何かきっかけをつくって」

という私の心の叫びを誰が知ろう。

そう、新しい年に向けて、神さまが用意してくださったデトックスだったんだ。

デスポーザーからデトックスへ。

私の今年のお言葉が決まった。

初出『ａｎａｎ』連載「美女入門」（二〇〇六年十一月八日号〜二〇〇八年二月六日号）

林 真理子（はやし・まりこ）

一九五四年山梨生まれ。コピーライターを経て作家活動を始め、八二年『ルンルンを買っておうちに帰ろう』がベストセラーに。八六年「最終便に間に合えば」「京都まで」で直木賞、九五年『白蓮れんれん』で柴田錬三郎賞、九八年『みんなの秘密』で吉川英治文学賞をそれぞれ受賞。著書に『Ａｎｅｇｏ』『ＲＵＲＩＫＯ』『もっと塩味を！』『綺麗な生活』など。エッセイ集に「美女入門」シリーズ『美女は何でも知っている』『美か、さもなくば死を』などがある。初めての料理本『マリコ・レシピ』が好評。公式ブログ「林真理子のあれもこれも日記」(http://hayashi-mariko.at.webry.info/) オープン。

美《び》は惜《お》しみなく奪《うば》う

二〇〇九年四月二三日　第一刷発行

著者――林 真理子
発行者――石﨑 孟
発行所――株式会社マガジンハウス
〒一〇四-八〇〇三
東京都中央区銀座三-一三-一〇
電話 受注センター〇四九（二七五）一八一一
書籍編集部〇三（三五四五）七〇三〇
印刷・製本所――凸版印刷株式会社
装幀――鈴木成一デザイン室

ISBN 978-4-8387-1973-0 C0095
乱丁・落丁本は小社書籍営業部宛にお送りください。
送料小社負担にてお取り替えいたします。
定価はカバーと帯に表示してあります。